Edward Lear

Sämtliche Limericks

Edward Lear

Sämtliche Limericks

Englisch / Deutsch

Mit den Zeichnungen des Autors

Übersetzt und herausgegeben
von Theo Stemmler

Philipp Reclam jun. Stuttgart

RECLAM TASCHENBUCH Nr. 20172

Reihengestaltung: büroecco!, Augsburg
Umschlaggestaltung: Eva Knoll, Stuttgart
Gesamtherstellung: Reclam, Ditzingen
Printed in Germany 2008

ISBN 978-3-15-020172-5

www.reclam.de

There was an Old Derry down Derry,
Who loved to see little folks merry;
So he made them a book,
And with laughter they shook
At the fun of that Derry down Derry.

Es erfreute ein alter Juppheißa
viele kleine Hosenscheißer:
  Sie spielten verrückt
  und belachten entzückt
die Reime des alten Juppheißa.

1 »Derry-down« (›Juchhe‹ o. ä.) kommt in englischen Liedrefrains vor und ist auch der Name eines der Narren in den volkstümlichen *Mummers' Plays*: Wegen beider Bedeutungen wählte Lear wohl sein Pseudonym »Derry down Derry« für die ersten beiden Auflagen seines *Book of Nonsense*. Die Titelseite der ersten Ausgabe (1846) ist umseitig wiedergegeben.

1

There was an Old Man with a beard,
Who said, 'It is just as I feared! –
Two owls and a hen,
Four larks and a wren,
Have all built their nests in my beard!'

Es war mal ein Mann mit 'nem Bart,
der sagte: »Das ist keine Art:
Es ist fast zum Heulen –
vier Lerchen, zwei Eulen
übernachten in meinem Bart!«

3 f. Lears ›Henne‹ (»hen«) und ›Zaunkönig‹ (»wren«) sind mir in der Übersetzung leider entflogen.

2

There was a Young Lady of Ryde,
Whose shoe-strings were seldom untied;
She purchased some clogs,
And some small spotty dogs,
And frequently walked about Ryde.

Es vergaß eine Frau aus Graubünden
nie, ihre Schnürsenkel zu binden;
ihr besonderer Stolz
waren Schuhe aus Holz:
Darauf wanderte sie durch Graubünden.

4 Im Original kaufte sie außerdem ›einige gefleckte Hündchen‹.

3

There was an Old Man with a nose,
Who said, 'If you choose to suppose,
That my nose is too long,
You are certainly wrong!'
That remarkable Man with a nose.

Ein langnäs'ger Mann, der klagte:
»Wenn Sie meinen, die Nase ragte –
dann liegen Sie schief,
denn sie hängt viel zu tief!«
So sprach dieser Mann und klagte.

4

There was an Old Man on a hill,
Who seldom, if ever, stood still;
    He ran up and down,
    In his Grandmother's gown,
Which adorned that Old Man on a hill.

Es war mal ein Mann aus Cargill,
der stand niemals völlig still;
    er lief allezeit
    in Großmutters Kleid –
dies verschönte den Mann aus Cargill.

1 »Cargill« wird auf der zweiten Silbe betont.

5

There was a Young Lady whose bonnet,
Came untied when the birds sate upon it;
　　But she said, 'I don't care!
　　All the birds in the air
Are welcome to sit on my bonnet!'

Es war mal 'ne Frau, deren Haube
diente einigen Vögeln als Laube;
　　sie sagt': »Mir ist's recht:
　　Ob Fink oder Specht –
alle finden noch Platz auf der Haube.«

1 f. Im Original ›lösen sich die Bänder der Haube‹, als die Vögel darauf niedersitzen.

6

There was a Young Person of Smyrna,
Whose grandmother threatened to burn her;
    But she seized on the cat,
    And said, 'Granny, burn that!
You incongruous Old Woman of Smyrna!'

Eine Großmutter aus den Ardennen,
die wollte den Enkel verbrennen;
    der gab ihr 'ne Katz
    als 'nen Brennersatz –
seiner Großmutter aus den Ardennen.

5 In Lears Original ist die Großmutter »incongruous« (›unpassend, abwegig‹), ihr Opfer weiblich.

7

There was an Old Person of Chili,
Whose conduct was painful and silly,
He sate on the stairs,
Eating apples and pears,
That imprudent Old Person of Chili.

Es war mal ein Mann aus Rossitten,
der hatte ganz seltsame Sitten;
er saß auf der Stiege
und aß eine Stiege
voll Birnen – der Mann aus Rossitten.

4 »apples and pears« ist bekannter *Rhyming Slang* der Londoner Cockneys für »stairs« (›Treppe‹). Der Mann sitzt also nicht nur auf der Treppe und isst Äpfel und Birnen: Er isst die Treppe, auf der er sitzt. Dieses typische Beispiel Lear'schen Hintersinns ist nur annähernd übersetzbar. Hier kommen – wie häufig in den Limericks – Isolierung und Gefährdung des Menschen zum Ausdruck.

8

There was an Old Man with a gong,
Who bumped at it all the day long;
    But they called out, 'O law!
    You're a horrid old bore!'
So they smashed that Old Man with a gong.

Es war mal ein Mann aus Choolong,
der schlug pausenlos auf einen Gong;
    da riefen sie aus:
    »Du bist uns ein Graus!«
und erschlugen den Mann aus Choolong.

9

There was an Old Lady of Chertsey,
Who made a remarkable curtsey;
    She twirled round and round,
    Till she sunk underground,
Which distressed all the people of Chertsey.

Es war mal 'ne Dame aus Brixen,
die konnte bemerkenswert knicksen;
    doch sie hat sich verrenkt,
    in den Boden versenkt –
dies bestürzte die Leute von Brixen.

10

There was an Old Man in a tree,
Who was horribly bored by a bee;
When they said, 'Does it buzz?'
He replied, 'Yes, it does!
It's a regular brute of a bee!'

Es war mal ein Mann aus Leer,
den langweilt' 'ne Biene sehr;
als sie fragten: »Summt sie denn?«,
sagte er: »Na und wenn?
Dies tun halt die Bienen in Leer.«

11

There was an Old Man with a flute,
A sarpint ran into his boot;
    But he played day and night,
    Till the sarpint took flight,
And avoided that man with a flute.

Es lockt' ein Flötist vom Trifels
eine Schlange ins Innre des Stiefels;
    doch er spielte – o Graus! –
    tagein und tagaus –
da verließ sie den Mann vom Trifels.

2 Lear schreibt phonetisch »sarpint« (statt »serpent«), um eine vulgäre Aussprache anzudeuten.

12

There was a Young Lady whose chin,
Resembled the point of a pin;
    So she had it made sharp,
    And purchased a harp,
And played several tunes with her chin.

Es hatte 'ne Dame von Adel
ein Kinn so spitz wie 'ne Nadel;
    mit dem spielte sie Harfe
    nach ihrem Bedarfe –
die junge Dame von Adel.

3/5 Im Original lässt die Dame ihr Kinn noch ›schärfen‹ und spielt ›mehrere Melodien‹ mit ihm.

13

There was an Old Man of Kilkenny,
Who never had more than a penny;
He spent all that money,
In onions and honey,
That wayward Old Man of Kilkenny.

Es war mal ein Mann aus Kilkenny,
der besaß nie mehr als 'nen Penny;
er verprasste das Geld
für Zwiebeln vom Feld –
der seltsame Mann aus Kilkenny.

1 »Kilkenny« wird auf der zweiten Silbe betont.
4 Lear lässt den Mann auch noch »honey« (›Honig‹) kaufen.

14

There was an Old Person of Ischia,
Whose conduct grew friskier and friskier;
He danced hornpipes and jigs,
And ate thousands of figs,
That lively Old Person of Ischia.

Es war mal ein Mann aus Sri Lanka,
der benahm sich immer riskanter;
er tanzt' Polka und Reigen,
aß tausende Feigen –
der lebhafte Mann aus Sri Lanka.

2 »frisky« bedeutet wörtlich ›verspielt‹.
3 »hornpipes« und »jigs« sind volkstümliche Tänze.
4 f. Dass Feigen eine abführende Wirkung haben, wusste Lear: Auch aus diesem Grund war der Mann so lebhaft.

15

There was an Old Man in a boat,
Who said, 'I'm afloat! I'm afloat!'
When they said, 'No! you ain't!'
He was ready to faint,
That unhappy Old Man in a boat.

Es war mal ein Mann aus Ashdod,
der rief: »Hilfe! Ich treib in 'nem Boot!«
Als sie sagten: »Das stimmt nicht«,
bedeckt' er sein Gesicht
und weinte – der Mann aus Ashdod.

16

There was a Young Lady of Portugal,
Whose ideas were excessively nautical:
    She climbed up a tree,
    To examine the sea,
But declared she would never leave Portugal.

Es dachte 'ne Dame aus Leeuward
nur stets an die christliche Seefahrt;
    von 'nem Baum hoch oben
    übersah sie die Wogen –
doch fort zog sie niemals aus Leeuward.

17

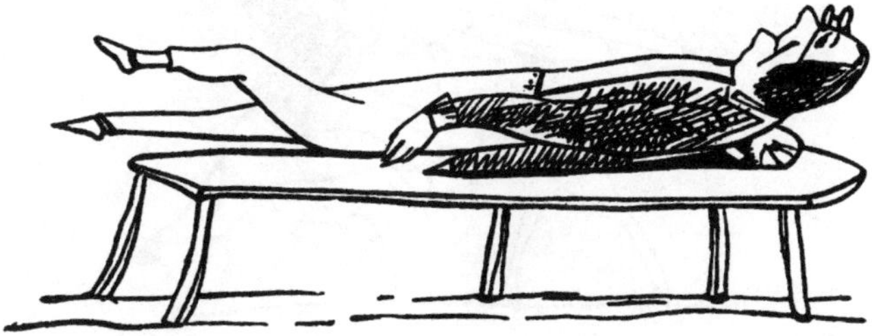

There was an Old Man of Moldavia,
Who had the most curious behaviour;
    For while he was able,
    He slept on a table.
That funny Old Man of Moldavia.

Es zeigte ein Mann aus Zwiefalten
ein seltsames Schlaf-Verhalten:
    Er bettete sich
    stets auf einen Tisch –
jener komische Mann aus Zwiefalten.

18

There was an Old Man of Madras,
Who rode on a cream-coloured ass;
    But the length of its ears,
    So promoted his fears,
That it killed that Old Man of Madras.

Ein älterer Herr aus Wesel
ritt auf einem cremefarbnen Esel;
    dessen Ohr'n war'n sehr lang –
    da wurd' ihm so bang,
dass er starb – der Reiter aus Wesel.

19

There was an Old Person of Leeds,
Whose head was infested with beads;
    She sat on a stool,
    And ate gooseberry fool,
Which agreed with that person of Leeds.

Es trug eine Dame aus Lome
auf dem Kopf eine Perlenkrone;
    sie trug keine Mütze,
    aß Stachelbeergrütze –
die schmeckte der Dame aus Lome.

2 »infested with beads« bedeutet wörtlich ›mit Perlen verseucht‹.

20

There was an Old Man of Peru,
Who never knew what he should do;
So he tore off his hair,
And behaved like a bear,
That intrinsic Old Man of Peru.

Es war mal ein Mann aus Olpe,
der wusste nicht recht, was er wollte;
er war ganz fahrig
und zupfte das Haar sich –
der intrinsische Mann aus Olpe.

5 Das Wort »intrinsic« (›wesenhaft‹ o. ä.) gibt hier keinen Sinn: Lear macht sich – wie so oft – über derartige *hard words* lustig; diese Vorliebe teilt er mit Lewis Carroll, dem anderen englischen Nonsensedichter jener Zeit.

21

There was an Old Person of Hurst,
Who drank when he was not athirst;
When they said, 'You'll grow fatter,'
He answered, 'What matter?'
That globular Person of Hurst.

Es trank oft ein Mann aus Temesvar,
auch wenn er keineswegs durstig war;
sein Übergewicht,
das störte ihn nicht –
jenen sphärischen Trinker aus Temesvar.

5 Hier gibt das verwendete *hard word* »globular« (›kugelförmig, sphärisch‹) einen Sinn.

22

There was a Young Person of Crete,
Whose toilette was far from complete;
    She dressed in a sack,
    Spickle-speckled with black,
That ombliferous Person of Crete.

Es war mal 'ne Frau aus Al-Harish,
deren Kleidung blieb ganz fragmentarisch;
    sie schlüpfte in einen
    Schlafsack aus Leinen –
jene phorische Frau aus Al-Harish.

4 »Spickle-speckled« ist eine spielerische Variante (etwa: ›gespri-gesprenkelt‹) zu dem üblichen Wort »speckled« (›gesprenkelt‹).

5 In dem unsinnigen »ombliferous« – einem von Lear erfundenen *hard word* – steckt das verständliche Element »-ferous« (›tragend‹, ›-phor‹).

23

There was an Old Man of the Isles,
Whose face was pervaded with smiles:
He sung 'High dum diddle,'
And played on the fiddle,
That amiable Man of the Isles.

Es neigte ein Mann aus Vechta
zu pausenlosem Gelächter;
er sang »dideldumdidel«
und spielte die Fiedel –
der freundliche Mann aus Vechta.

24

There was an Old Person of Buda,
Whose conduct grew ruder and ruder;
Till at last, with a hammer,
They silenced his clamour,
By smashing that Person of Buda.

Es benahm sich ein Mann aus Lüder
von Tag zu Tag immer rüder;
mit dem Hammer zum Schluss
schlugen sie auf die Nuss
dem Dauerredner von Lüder.

25

There was an Old Man of Columbia,
Who was thirsty, and called out for some beer;
    But they brought it quite hot,
    In a small copper pot,
Which disgusted that man of Columbia.

Es war mal ein Mann aus Dallas,
der bestellte sich durstig ein Helles;
    doch sie ließen es köcheln –
    da begann er zu röcheln:
der verärgerte Mann aus Dallas.

26

There was a Young Lady of Dorking,
Who bought a large bonnet for walking;
    But its colour and size,
    So bedazzled her eyes,
That she very soon went back to Dorking.

Es kaufte 'ne Dame aus Flandern
eine große Haube zum Wandern;
    deren Farbe und Form
    fielen so aus der Norm,
dass die Dame zurückging nach Flandern.

27

There was an Old Man who supposed,
That the street door was partially closed;
But some very large rats,
Ate his coats and his hats,
While that futile old gentleman dozed.

Es glaubte ein Mann aus Zossen,
die Haustür sei halb geschlossen;
doch zwei Ratten fingen
an, runterzuschlingen
die Mäntel des Mannes aus Zossen.

2 Eine absurderweise nur »halb geschlossene« Tür bietet natürlich keine Sicherheit gegen Eindringlinge.

28

There was an Old Man of the West,
Who wore a pale plum-coloured vest;
When they said, 'Does it fit?'
He replied, 'Not a bit!'
That uneasy Old Man of the West.

Es trug mal ein Mann aus Este
eine pflaumenfarbige Weste;
als sie fragten: »Sitzt sie?«,
rief er nur: »Ich bitt Sie!« –
der verstörte Mann aus Este.

29

There was an Old Man of the Wrekin
Whose shoes made a horrible creaking.
    But they said 'Tell us whether,
    Your shoes are of leather,
Or of what, you Old Man of the Wrekin?'

Es hatte ein Mann aus Dumbarton
ein Paar Schuhe, die fürchterlich knarrten.
    »Die sind doch entweder«,
    fragte man, »aus Leder –
oder was denn, du Geck aus Dumbarton?«

1 Die Aussprache von »Dumbarton« lautet /dʌmˈbɑːtn/.

30.

There was a Young Lady whose eyes,
Were unique as to colour and size;
    When she opened them wide,
    People all turned aside,
And started away in surprise.

Es hatte 'ne Frau aus Davos
grüne Augen, wie Teller so groß;
    vor ihrem Blick
    prallten alle zurück
und mieden die Frau aus Davos.

1 f. Im Original sind die Augen ›in Farbe und Größe einmalig‹.

31

There was a Young Lady of Norway,
Who casually sat in a doorway;
    When the door squeezed her flat,
    She exclaimed 'What of that?'
This courageous Young Lady of Norway.

Es saß eine Frau aus Bad Bramstedt
ganz zufällig in einem Torweg;
    die Tür drückt' sie flach,
    doch da rief sie nur: »Ach!« –
die beherzte Frau aus Bad Bramstedt.

32

There was an Old Man of Vienna,
Who lived upon Tincture of Senna;
When that did not agree,
He took Camomile Tea,
That nasty Old Man of Vienna.

Es war mal ein Mann aus Cherbourg,
der lebte von Senna-Tinktur;
die bekam ihm ganz kläglich,
daher trank er dann täglich
Kamille – der Mann aus Cherbourg.

2 *Folia Sennae* (Sennesblätter) sind ein Abführmittel.
5 Im Original ist der Mann »nasty« (›abstoßend‹).

33

There was an Old Person whose habits,
Induced him to feed upon rabbits;
When he'd eaten eighteen,
He turned perfectly green,
Upon which he relinquished those habits.

Es war mal ein Mann aus München,
der nährte sich nur von Kaninchen;
nach dem Tier Nummer Neun
ließ er dies jedoch sein –
der Karnickelesser von München.

3 Lears Karnickelesser verträgt mehr: achtzehn!

34

There was an Old Person of Dover,
Who rushed through a field of blue clover;
	But some very large bees,
	Stung his nose and his knees,
So he very soon went back to Dover.

Es war mal ein Mann aus Krefeld,
der lief durch ein blühendes Kleefeld,
	doch ihn stachen drei Bie-
	nen in Nase und Knie –
daher ging er zurück nach Krefeld.

35

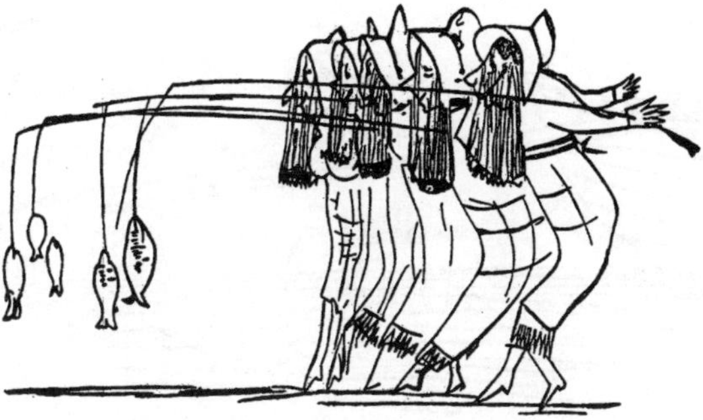

There was an Old Man of Marseilles,
Whose daughters wore bottle-green veils;
    They caught several fish,
    Which they put in a dish,
And sent to their Pa' at Marseilles.

Es hatte ein Mann aus Malaya
fünf Töchter, die trugen stets Schleier;
    damit er nicht darbe,
    fischte jede 'ne Barbe
und schickte sie ihm nach Malaya.

36

There was an Old Person of Cadiz,
Who was always polite to all ladies;
    But in handling his daughter,
    He fell into the water,
Which drowned that Old Person of Cadiz.

Es war mal ein Mann aus Bergkamen
stets ungemein höflich zu Damen;
    auch die Tochter hofiert' er,
    dabei fiel er ins Nordmeer –
so ertrank der Charmeur aus Bergkamen.

37

There was an Old Person of Basing,
Whose presence of mind was amazing;
    He purchased a steed,
    Which he rode at full speed,
And escaped from the people of Basing.

Es war mal ein Mann aus Bruxelles,
der handelte unheimlich schnell;
    er wählte die Fluchtroute
    auf einer Zuchtstute
und floh vor dem Volk von Bruxelles.

38

There was an Old Man of Quebec,
A beetle ran over his neck;
    But he cried, 'With a needle,
    I'll slay you, O beadle!'
That angry Old Man of Quebec.

Einem alten Mann aus der Pfalz
lief ein Käfer einst über den Hals;
    vor Wut wurd' er rot
    und rief: »Dich stech ich tot!« –
jener zornige Mann aus der Pfalz.

4 Im Original wird der Käfer (»beetle«) absurderweise als »beadle« (›Kirchen- oder Gerichtsdiener‹) bezeichnet – hier kalauert der Dichter.

39

There was an Old Person of Philæ,
Whose conduct was scroobious and wily;
He rushed up a palm,
When the weather was calm,
And observed all the ruins of Philæ.

Es war mal ein Mann aus Philæ,
dessen Taten verwunderten viele:
Er bestieg einen Palmbaum
– an dem Tag weht' der Wind kaum –
und besah die Ruinen von Philæ.

2 Das vielleicht bekannteste von Lear erfundene Nonsense-Wort »scroobious« ist wohl aus »scurrilous« (›skurril‹), »curious« (›seltsam‹), »dubious« (›zweifelhaft‹) zusammengesetzt: eine Art Schachtelwort. In den Limericks Nr. 149 und 191 habe ich es mit »skurbios« wiedergegeben – einer Schachtelung aus »skurril«, »dubios« und »kurios«.

40

There was a Young Lady of Bute,
Who played on a silver-gilt flute;
    She played several jigs,
    To her uncle's white pigs,
That amusing Young Lady of Bute.

Es spielte 'ne Dame aus Köthen
Polka auf silbernen Flöten –
    auch für die Schweine:
    die hoben die Beine
vor der flötenden Dame aus Köthen.

3 »jigs« sind volkstümliche Tänze; vgl. Limerick Nr. 14.

41

There was a Young Lady whose nose,
Was so long that it reached to her toes;
    So she hired an Old Lady,
    Whose conduct was steady,
To carry that wonderful nose.

Einer jüngeren Frau aus Athen
hing die Nase bis auf die Zeh'n;
    eine Dame aus Hagen
    half ihr beim Tragen –
jener jüngeren Frau aus Athen.

42

There was a Young Lady of Turkey,
Who wept when the weather was murky;
When the day turned out fine,
She ceased to repine,
That capricious Young Lady of Turkey.

Es war mal 'ne Dame aus Bregenz,
die weinte oft wegen des Regens;
doch bei strahlendem Sonnenschein
stellt' sie das Greinen ein –
die empfindsame Dame aus Bregenz.

2 Im Original ist von »murky weather« (›trübem Wetter‹) die Rede.
4 »to repine« bedeutet wörtlich ›hadern, klagen‹.

43

There was an Old Man of Apulia,
Whose conduct was very peculiar;
He fed twenty sons,
Upon nothing but buns,
That whimsical Man of Apulia.

Es war mal ein Mann von der Möhne,
der ernährt' seine zwanzig Söhne
ausschließlich mit Backwar'n,
bis sie dann satt war'n –
die Söhne des Manns von der Möhne.

2 Lear nennt das Verhalten des Vaters »peculiar« (›seltsam‹).
5 Im Original ist der Mann »whimsical« (›schrullig‹).

44

There was an Old Man with a poker,
Who painted his face with red oker;
    When they said, ‘You're a guy!’
    He made no reply,
But knocked them all down with his poker.

Es bemalte ein Mann aus Staaken
sein Gesicht und droht' mit 'nem Haken
    zum Schüren den Spöttern;
    er sprach: »Bei den Göttern –
ich verprügle die Leute von Staaken!«

2 »oker« (eigentlich »ochre«) ist ›Ocker‹(-Farbe).
3 Der Mann wird von seinen Gegnern salopp »guy« (›Kerl‹) genannt.

45

There was an Old Person of Prague,
Who was suddenly seized with the plague;
But they gave him some butter,
Which caused him to mutter,
And cured that Old Person of Prague.

Es war mal ein Mann aus Budapest,
der erkrankte ganz plötzlich an Beulenpest;
sie gaben ihm Butter
als Kraft-Dauer-Futter –
dies heilte den Kranken aus Budapest.

4 Im Original lässt Lear den Mann ›murren‹ (»to mutter«).

46

There was an Old Man of the North,
Who fell into a basin of broth;
But a laudable cook,
Fished him out with a hook,
Which saved that Old Man of the North.

Es fiel mal ein Mann aus Toulon
in 'nen Kessel voll heißer Bouillon;
doch die Köchin im Haus
fischte rasch ihn heraus –
und rettet' den Mann aus Toulon.

3 Lear nennt die Köchin »laudable« (›lobenswert‹).

47

There was a Young Lady of Poole,
Whose soup was excessively cool;
So she put it to boil
By the aid of some oil,
That ingenious Young Lady of Poole.

Es war mal 'ne Frau aus Grünwald,
deren Suppe war leider ganz kalt;
sie bracht' sie zum Kochen
mit Öl vom Rochen –
die kluge Frau aus Grünwald.

48

There was an Old Person of Mold,
Who shrank from sensations of cold;
So he purchased some muffs,
Some furs and some fluffs,
And wrapped himself from the cold.

Es war mal ein Mann aus Velten,
der fürchtete sich zu erkälten;
daher kaufte er schnell
einen Pelz und ein Fell
und lief warm verpackt durch ganz Velten.

3 f. Im Original kauft er »muffs« (›Muffs‹), »furs« (›Pelze‹) und »fluffs« (›Flaum‹).

49

There was an Old Man of Nepaul,
From his horse had a terrible fall;
    But, though split quite in two,
    By some very strong glue,
They mended that Man of Nepaul.

Es fiel mal ein Mann aus Vejle
vom Pferd und zerbrach in zwei Teile;
    er war zwar entzwei,
    doch ein sehr starker Klei-
ster flickte den Reiter aus Vejle.

1 »Vejle« (in Dänemark) wird /vailə/ ausgesprochen.

50

There was an Old Man of th' Abruzzi,
So blind that he couldn't his foot see;
When they said, 'That's your toe,'
He replied, 'Is it so?'
That doubtful Old Man of th' Abruzzi.

Ein Mann aus Sestri Levante
war so blind, dass er nichts mehr erkannte;
selbst die eigenen Zeh'n
konnte er nicht mehr seh'n –
der Zweifler aus Sestri Levante.

51

There was an Old Person of Rhodes,
Who strongly objected to toads;
He paid several cousins,
To catch them by dozens,
That futile Old Person of Rhodes.

Es war mal ein Mann aus Teschen,
der ekelte sich vor Fröschen;
die ließ er durch Nichten
gegen Prämie vernichten –
der nutzlose Mann aus Teschen.

2 f. Eigentlich ekelt sich der Mann vor »toads« (›Kröten‹); diese lässt er von seinen »cousins« (›Kusinen‹) fangen.

There was an Old Man of Peru,
Who watched his wife making a stew;
    But once by mistake,
    In a stove she did bake,
That unfortunate Man of Peru.

Es sah mal ein Mann aus Peru
seiner Frau gern beim Backen zu;
    doch als knuspriges Brot
    fand er bald den Tod
im Ofen – der Mann aus Peru.

2 Lear lässt die Ehefrau ein »stew« (›Eintopf‹) kochen.

53

There was an Old Man of Melrose,
Who walked on the tips of his toes;
    But they said, 'It ain't pleasant,
    To see you at present,
You stupid Old Man of Melrose.'

Es war mal ein Mann aus Pritzen,
der lief stets auf Zehenspitzen;
    die Bürger der Stadt
    stieß er völlig ab –
jener Zehenläufer aus Pritzen.

54

There was a Young Lady of Lucca,
Whose lovers completely forsook her;
    She ran up a tree,
    And said, 'Fiddle-de-dee!'
Which embarassed the people of Lucca.

Es wurde 'ne Dame aus Sassen
von allen Verehrern verlassen;
    sie stieg auf 'nen Baum,
    doch sie grämte sich kaum –
dies verwirrte die Leute von Sassen.

55

There was an Old Man of Bohemia,
Whose daughter was christened Euphemia;
Till one day, to his grief,
She married a thief,
Which grieved that Old Man of Bohemia.

Es hatte ein Mann aus Havanna
eine Tochter mit Namen Johanna;
die gewann einen Dieb
ganz unmäßig lieb –
dies kränkte den Mann aus Havanna.

56

There was an Old Man of Vesuvius,
Who studied the works of Vitruvius;
When the flames burnt his book,
To drinking he took,
That morbid Old Man of Vesuvius.

Ein Mann vom Fuß des Vesuvs
studierte die Werke Vitruvs;
sein Buch wurd' zu Asche,
da griff er zur Flasche –
der kränkliche Mann vom Vesuv.

2 Vitruvius war Militärtechniker und Ingenieur zur Zeit Cäsars und verfasste (zwischen 33 und 14 v. Chr.) *De architectura.*

57

There was an Old Man of Cape Horn,
Who wished he had never been born;
    So he sat on a chair,
    Till he died of despair,
That dolorous Man of Cape Horn.

Es war mal ein Mann aus Furth,
der bedauerte seine Geburt;
    auf 'nem Stuhl blieb er hocken –
    war nicht runterzulocken,
bis er starb – der Verzweifler aus Furth.

5 Lear nennt den Mann »dolorous« (›schmerzlich; traurig‹).

58

There was an Old Lady whose folly,
Induced her to sit in a holly;
  Whereon by a thorn,
  Her dress being torn,
She quickly became melancholy.

Es setzte 'ne Dame aus Essex
sich auf einen stechenden Ilex;
  ihr Kleid erlitt Schaden,
  da begann sie zu klagen –
die betrübte Dame aus Essex.

59

There was an Old Man of Corfu,
Who never knew what he should do;
    So he rushed up and down,
    Till the sun made him brown,
That bewildered Old Man of Corfu.

Es war mal ein Mann aus Gießen,
der konnte zu nichts sich entschließen;
    er lief durch das Land,
    bis er sonnenverbrannt
war – der ratlose Mann aus Gießen.

60

There was an Old Man of the South,
Who had an immoderate mouth;
    But in swallowing a dish,
    That was quite full of fish,
He was choked, that Old Man of the South.

Es hatte ein Mann aus Stralsund
einen ganz gewaltigen Schlund;
    er verschlang einst bei Tisch
    einen Teller samt Fisch –
da erstickte der Mann aus Stralsund.

61

There was an Old Man of the Nile,
Who sharpened his nails with a file;
    Till he cut off his thumbs,
    And said calmly, 'This comes –
Of sharpening one's nails with a file!'

Es war mal ein Mann aus Tegel,
der schärfte mit Sorgfalt die Nägel;
    doch nach einer Weile
    verkürzte die Feile
beide Daumen des Mannes aus Tegel.

62

There was an Old Person of Rheims,
Who was troubled with horrible dreams;
So, to keep him awake,
They fed him with cake.
Which amused that Old Person of Rheims.

Es war mal ein Mann aus Gdingen,
der träumte von schrecklichen Dingen;
um ihn wachzuhalten,
nährten sie den Alten
mit Kuchen ganz frisch aus Gdingen.

63

There was an Old Person of Cromer,
Who stood on one leg to read Homer;
When he found he grew stiff,
He jumped over the cliff,
Which concluded that Person of Cromer.

Es stand mal ein Mann aus Omer
auf einem Bein und las Homer;
als das Bein eingeschlafen,
sprang er in den Hafen –
so starb jener Mann aus Omer.

1 »[Saint] Omer« (in Frankreich) wird /ɔ'mɛr/ ausgesprochen.

64

There was an Old Person of Troy,
Whose drink was warm brandy and soy;
Which he took with a spoon,
By the light of the moon,
In sight of the city of Troy.

Es war mal ein Mann aus Troja,
der trank warmen Brandy mit Soja;
doch viel trank er nicht
im taghellen Licht
des Mondes am Himmel von Troja.

There was an Old Man of the Dee,
Who was sadly annoyed by a flea;
When he said, 'I will scratch it' –
They gave him a hatchet,
Which grieved that Old Man of the Dee.

Es war mal ein Mann aus Bordeaux,
den piesackte einst ein Floh;
damit er ihn knacke,
gaben sie ihm 'ne Hacke –
dies kränkte den Mann aus Bordeaux.

66

There was an Old Man of Dundee,
Who frequented the top of a tree;
    When disturbed by the crows,
    He abruptly arose,
And exclaimed, 'I'll return to Dundee.'

Es war mal ein Mann aus Daun,
der kletterte auf einen Baum;
    da kam manche Krähe
    ganz in seine Nähe –
dies brachte ihn wieder nach Daun.

67

There was an Old Person of Tring,
Who embellished his nose with a ring;
He gazed at the moon,
Every evening in June,
That ecstatic Old Person of Tring.

Es verschönte ein Mann aus Sing-Sing
seine Nase mit einem Ring;
er besah sich mit Lust
den Mond im August –
der ekstatische Mann aus Sing-Sing.

68

There was an Old Man on some rocks,
Who shut his wife up in a box,
When she said, 'Let me out,'
He exclaimed, 'Without doubt,
You will pass all your life in that box.'

Ein Mann auf dem Kahlen Asten
schloss sein Eheweib in einen Kasten;
»Lass mich raus!« flehte sie –
er rief: »Raus kommst du nie!
Du bleibst immer und ewig im Kasten.«

69

There was an Old Man of Coblenz,
The length of whose legs was immense;
He went with one prance,
From Turkey to France,
That surprising Old Man of Coblenz.

Es lebte ein Mann in Prabang,
dessen Beine war'n irrsinnig lang;
er kam mit 'nem Sprung
von Prabang nach Bandung –
der erstaunliche Mann aus Prabang.

70

There was an Old Man of Calcutta,
Who perpetually ate bread and butter;
    Till a great bit of muffin,
    On which he was stuffing,
Choked that horrid Old Man of Calcutta.

Es war mal ein Mann aus Kalkutta,
der verzehrte nur Semmeln mit Butter;
    bis ein Bissen, so groß
    wie ein Hafermehlkloß,
ihn erstickte – den Mann aus Kalkutta.

71

There was an Old Man in a pew,
Whose waistcoat was spotted with blue;
But he tore it in pieces,
To give to his nieces, –
That cheerful Old Man in a pew.

Es trug mal ein Mann aus Zutphen
eine Weste mit blauen Tupfen;
diese riss er in Stücke,
dass die Nichten er beglücke –
jener lustige Mann aus Zutphen.

1 »Zutphen« (in den Niederlanden) wird hier deutsch ausgesprochen – nicht /zytfə/, wie es sich gehört. Lear lässt den Westenzerteiler in einem »pew« (›Kirchenstuhl‹) sitzen.

72

There was an Old Man who said – 'How,
Shall I flee from this horrible cow?
I will sit on this stile,
And continue to smile,
Which may soften the heart of that cow.'

Einen älteren Mann aus Port Bou
attackierte 'ne schreckliche Kuh.
Doch er rannte nicht fort:
Er blieb lächelnd am Ort –
dies rührte das Herz jener Kuh.

3 Bei Lear sitzt der Mann auf einem »stile« (›Zauntritt‹) und hofft lediglich, durch sein Lächeln die wütende Kuh besänftigen zu können.

73

There was a Young Lady of Hull,
Who was chased by a virulent bull;
    But she seized on a spade,
    And called out – 'Who's afraid!'
Which distracted that virulent bull.

Es wurde 'ne Dame aus Trier
verfolgt von 'nem wütenden Stier;
    da nahm sie 'nen Spaten
    und rief: »Satansbraten!« –
Dies verwirrte den wütenden Stier.

2 Lears »virulent« (›giftig‹ u. ä.) gibt hier keinen Sinn.

74

There was an Old Man of Whitehaven,
Who danced a quadrille with a raven;
But they said – 'It's absurd,
To encourage this bird!'
So they smashed that Old Man of Whitehaven.

Es tanzte ein Herr aus Süd-Schwaben
Quadrille mit einem Raben;
sie missbilligten ganz
den absurden Tanz
und erschlugen den Herrn aus Süd-Schwaben.

75

There was an Old Man of Leghorn,
The smallest as ever was born;
    But quickly snapt up he,
    Was once by a puppy,
Who devoured that Old Man of Leghorn.

Es war mal ein Mann aus Sinzig
seit seiner Geburt sehr winzig;
    da nahm ihn ein Hündchen
    ganz rasch in sein Mündchen
und verspeiste den Winzling aus Sinzig.

76

There was an Old Man of the Hague,
Whose ideas were excessively vague;
He built a balloon,
To examine the moon,
That deluded Old Man of the Hague.

Es war mal ein Mann aus Braunlage,
der dachte stets fürchterlich vage;
doch nach dem Ballon-Bau
gelang ihm die Mond-Schau –
dem verstörten Mann aus Braunlage.

5 Der Mann wird offenbar durch die Betrachtung und den Einfluss des Mondes »verstört«. Das englische Wort »lunatic« (›verrückt‹) ist von lat. »luna« (›Mond‹) abgeleitet und spiegelt diesen oft behaupteten Zusammenhang wider. (Vgl. auch dt. ›Laune‹ aus lat. »luna«.)

77

There was an Old Man of Jamaica,
Who suddenly married a Quaker!
    But she cried out – 'O lack!
    I have married a black!'
Which distressed that Old Man of Jamaica.

Es nahm mal ein Schwarzer vom Potomac
einem Freund dessen weiße Freundin weg;
    da rief sie: »O Graus!
    Ich halt dies nicht aus –
das ist ja ein Neger vom Potomac!«

2 Im Original heiratet ein Schwarzer eine weiße Quäkerin.

There was an Old Person of Dutton,
Whose head was so small as a button:
So to make it look big,
He purchased a wig,
And rapidly rushed about Dutton.

Es war mal ein Mann aus Röttgen,
dessen Kopf war so klein wie ein Knöpfchen;
durch Perücken bloß
macht' er ihn riesengroß –
damit lief er dann eilig durch Röttgen.

1 »Röttgen« (bei Bonn) sollte hier rheinisch (wie »Röttchen«) ausgesprochen werden.

79

There was a Young Lady of Tyre,
Who swept the loud chords of a lyre;
At the sound of each sweep,
She enraptured the deep,
And enchanted the city of Tyre.

Es entstaubte 'ne Dame aus Brighton
einst sämtliche Lyra-Saiten;
die tönten berückend
und klangen entzückend –
sie verzauberten schließlich ganz Brighton.

80

There was an Old Man who said, 'Hush!
I perceive a young bird in this bush!'
When they said – 'Is it small?'
He replied – 'Not at all!
It is four times as big as the bush!'

Es rief mal ein Mann laut: »Seid leise!
Ich seh in dem Busch eine Meise.«
Als man fragt': »Ist sie groß?«,
sagt' er: »Ganz zweifellos –
denn es ist eine Riesenmeise.«

There was an Old Man of the East,
Who gave all his children a feast;
    But they all ate so much,
    And their conduct was such,
That it killed that Old Man of the East.

Es war mal ein Vater aus Brest,
der gab seinen Kindern ein Fest;
    die benahmen sich stillos
    und fraßen ganz ziellos –
dies gab ihrem Vater den Rest.

82

There was an Old Man of Kamschatka,
Who possessed a remarkably fat cur.
His gait and his waddle,
Were held as a model,
To all the fat dogs in Kamschatka.

Es besaß mal ein Mann aus Sète
einen Köter, der war äußerst fett;
dessen Gang und Gewackel
galten – nicht nur für Dackel –
als Vorbild für Hunde in Sète.

83

There was an Old Man of the Coast,
Who placidly sat on a post;
    But when it was cold,
    He relinquished his hold,
And called for some hot buttered toast.

Es war mal ein Mann aus dem Osten,
der setzte sich auf einen Pfosten;
    den verließ er in Bälde,
    denn er scheute die Kälte,
und ließ sich ein Butterbrot toasten.

4 Um des Reimes willen möge der Leser »Kälte« fränkisch aussprechen – mit weichem ›d‹!

84

There was an Old Person of Bangor,
Whose face was distorted with anger,
He tore off his boots,
And subsisted on roots,
That borascible Person of Bangor.

Es verzog mal ein Mann vom Kap Horn
sein Gesicht in unbändigem Zorn;
er zog seine Stiebel
aus und aß nur Zwiebel –
der cholornige Mann vom Kap Horn.

5 In Lears Wortschöpfung »borascible« lässt sich »irascible« (›jähzornig‹) erkennen. An dieser Stelle habe ich das Schachtelwort »cholornig« (aus »cholerisch« und »zornig«) eingesetzt.

85

There was an Old Man with a beard,
Who sat on a horse when he reared;
        But they said, 'Never mind!
        You will fall off behind,
You propitious Old Man with a beard!'

Ein bärtiger Mann aus Friaul
ritt mal einen scheuenden Gaul;
        sie sagten: »Nur munter,
        hinten fällt sich's gut runter –
du glücklicher Mann aus Friaul.«

86

There was an Old Man of the West,
Who never could get any rest;
So they set him to spin,
On his nose and his chin,
Which cured that Old Man of the West.

Es war mal ein Mann von der Luhe,
der kam nie und nimmer zur Ruhe;
da drehten sie ihn
um Nase und Kinn –
dies heilte den Mann von der Luhe.

5 In Lears handschriftlichem Original wird der Mann ›getötet‹ (»demolished«).

87

There was an Old Person of Anerley,
Whose conduct was strange and unmannerly;
He rushed down the Strand,
With a pig in each hand,
But returned in the evening to Anerley.

Es war mal ein Mann aus Theben,
der benahm sich einst völlig daneben;
mit 'nem Schwein an der Hand
lief er eilig zum Strand –
doch am Abend erschien er in Theben.

3 Lears »Strand« ist natürlich nicht ein ›Strand‹ (engl. »strand«), sondern jene belebte Straße in London, die das Westend mit der City verbindet.

88

There was a Young Lady of Troy,
Whom several large flies did annoy;
Some she killed with a thump,
Some she drowned at the pump,
And some she took with her to Troy.

Es war mal 'ne Dame aus Rügen,
die wurde belästigt von Fliegen;
ein paar schlug sie platt,
andren wurde zum Grab
eine Pumpe – der Rest kam nach Rügen.

89

There was an Old Man of Berlin,
Whose form was uncommonly thin;
Till he once, by mistake,
Was mixed up in a cake,
So they baked that Old Man of Berlin.

Es war mal ein Mann aus Prüm,
dessen Körper war unglaublich dünn;
er geriet in 'nen Teig,
und man buk ihn sogleich –
jenen mageren Alten aus Prüm.

3 Das Wort »Teig« sollte man – wegen des in der Eifel gelegenen Ortes Prüm – rheinisch (wie »Teich«) aussprechen.

90

There was an Old Person of Spain,
Who hated all trouble and pain;
So he sate on a chair,
With his feet in the air,
That umbrageous Old Person of Spain.

Es war mal ein Mann aus Gerzen,
der ertrug überhaupt keine Schmerzen;
er streckte die Beene
hoch über die Lehne –
der Schattenspender aus Gerzen.

91

There was a Young Lady of Russia,
Who screamed so that no one could hush her;
    Her screams were extreme,
    No one heard such a scream,
As was screamed by that Lady of Russia.

Eine schreiende Dame aus Leyden
brachte keiner jemals zum Schweigen;
    sie schrie ganz extrem
    und sehr unangenehm
ohne Unterlass in der Stadt Leyden.

92

There was an Old Man who said, 'Well!
Will *nobody* answer this bell?
    I have pulled day and night,
    Till my hair has grown white,
But nobody answers this bell!'

Es fragte ein Mann aus Gastein:
»Lässt mich denn NIEMAND hinein?
    Ich läut ohne Pau-
    se, mein Haar ist schon grau;
doch niemand lässt mich hier hinein!«

93

There was a Young Lady of Wales,
Who caught a large fish without scales;
When she lifted her hook,
She exclaimed, 'Only look!'
That ecstatic Young Lady of Wales.

Eine junge Frau von den Molukken
fing einst einen Fisch ohne Schuppen;
sie besah sich den Fang
und rief: »Sieh einer an!« –
die entzückte Frau von den Molukken.

94

There was an Old Person of Cheadle,
Was put in the stocks by the beadle;
For stealing some pigs,
Some coats and some wigs,
That horrible Person of Cheadle.

Es bekam mal ein Mann aus Polen
hundert Stockschläge auf seine Sohlen;
doch er hatte nur Kraut
sowie Kümmel geklaut –
jener diebische Mann aus Polen.

2 Lear lässt den Dieb von einem »beadle« (›Büttel‹) »in the stocks« (›in den Stock‹) stecken.

3 f. Im Original werden ›Schweine‹, ›Mäntel‹ und ›Perücken‹ gestohlen.

95

There was a Young Lady of Welling,
Whose praise all the world was a telling;
    She played on the harp,
    And caught several carp,
That accomplished Young Lady of Welling.

Es war mal 'ne Dame aus Lund,
deren Lob war in aller Mund:
    Sie angelte Karpfen
    und konnte gut harpfen –
die vollendete Dame aus Lund.

96

There was an Old Person of Tartary,
Who divided his jugular artery;
    But he screeched to his wife,
    And she said, 'Oh, my life!
Your death will be felt by all Tartary!'

Es zerschnitt einst ein Mann aus Algerien
sich eine der Hals-Arterien;
    Er schrie: »Weib, so hilf mir doch!«
    Sie rief: »Das fehlt mir noch –
wir betrauern dich in ganz Algerien.«

97

There was an Old Person of Chester,
Whom several small children did pester;
 They threw some large stones,
 Which broke most of his bones,
And displeased that Old Person of Chester.

Es war mal ein Mann aus Beirut,
den brachten vier Kinder in Wut:
 Ein paar größere Steine
 brachen ihm beide Beine –
dies missfiel dem Mann aus Beirut.

98

There was an Old Man with an owl,
Who continued to bother and howl;
He sate on a rail,
And imbibed bitter ale,
Which refreshed that Old Man and his owl.

Es war mal ein Mann mit 'ner Eule,
beide ließen nicht ab vom Geheule;
er saß neben ihr
und trank manches Bier –
dies erfrischte den Mann und die Eule.

3 Im Original sitzt der Mann auf einem »rail« (›Geländer‹).

99

There was an Old Person of Gretna,
Who rushed down the crater of Etna;
    When they said, 'Is it hot?'
    He replied, 'No, it's not!'
That mendacious Old Person of Gretna.

Es war mal ein Mann aus Gretna,
der sprang in den Krater des Ätna;
    als sie fragten: »Wird's heiß?«,
    sagt' er: »Nicht, dass ich weiß!« –
jener heuchelnde Mann aus Gretna.

100

There was a Young Lady of Sweden,
Who went by the slow train to Weedon;
When they cried, 'Weedon Station!'
She made no observation,
But she thought she should go back to Sweden.

Es war mal 'ne Dame aus Siegen,
die fuhr mit dem Zuge nach Weedon;
als man rief: »Bahnhof Weedon!«,
ist sie nicht ausgestiegen
und zurückgefahren nach Siegen.

2 Lear lässt die Dame in einem ›Bummelzug‹ (»slow train«) fahren.

101

There was a Young Girl of Majorca,
Whose aunt was a very fast walker;
    She walked seventy miles,
    And leaped fifteen stiles,
Which astonished that Girl of Majorca.

Es war mal 'ne Frau aus Toulouse,
deren Tante war sehr gut zu Fuß;
    die übersprang fünfzehn Gatter
    und wurde nicht matter –
das erstaunte die Frau aus Toulouse.

102

There was an Old Man of the Cape,
Who possessed a large barbary ape;
    Till the ape one dark night,
    Set the house on a light,
Which burned that Old Man of the Cape.

Es war mal ein Mann aus Batavia,
der besaß einen riesigen Pavian;
    dieses Ungeheuer
    legte eines Nachts Feuer –
da verbrannte der Mann aus Batavia.

103

There was an Old Lady of Prague,
Whose language was horribly vague.
When they said, 'Are these caps?'
She answered, 'Perhaps!'
That oracular Lady of Prague.

Es war mal 'ne Dame aus Howe,
deren Sprache war gar nicht genau;
als man fragt': »Sind das Hüte?«,
sagte sie: »Gott behüte!« –
die orakelnde Dame aus Howe.

104

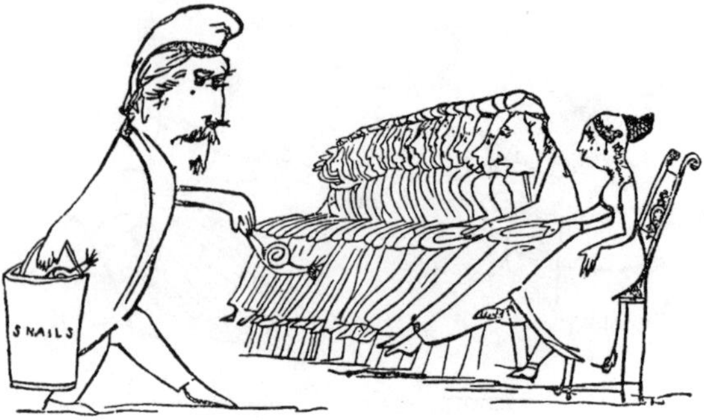

There was an Old Person of Sparta,
Who had twenty-five sons and one daughter;
He fed them on snails,
And weighed them in scales,
That wonderful Person of Sparta.

Es hatte ein Mann von der Möhne
eine Tochter und zwei Dutzend Söhne;
er gab – wie 'ne Mutter –
ihnen Schnecken als Futter
und wog sie – der Mann von der Möhne.

2 Lears »darter« (so hier die Aussprache) ist eine vulgäre Variante von »daughter« (›Tochter‹).

105

There was an Old Man at a casement,
Who held up his hands in amazement;
When they said, ‘Sir! you'll fall!’
He replied, ‘Not at all!’
That incipient Old Man at a casement.

Es stand mal ein Mann aus Leinster
mit erhobenen Händen im Fenster;
als sie warnten: »Ihr fallt!«,
sagte er: »Nicht so bald!« –
jener tollkühne Mann aus Leinster.

1 »Leinster« wird /lenstə/ ausgesprochen.
5 Lears »incipient« (›anfänglich‹) ist hier nicht übersetzbar.

106

There was an Old Person of Burton,
Whose answers were rather uncertain;
    When they said, 'How d'ye do?'
    He replied, 'Who are you?'
That distressing Old Person of Burton.

Es war mal ein Mann aus Hagen,
der gab als Antworten – Fragen:
    Wenn man fragte: »Wie geht's?«,
    fragte er: »Ei, wie steht's?« –
jener lästige Mann aus Hagen.

107

There was an Old Person of Ems,
Who casually fell in the Thames;
And when he was found,
They said he was drowned,
That unlucky Old Person of Ems.

Es war mal ein Mann aus Peine,
der fiel aus Verseh'n in die Leine;
er ist tief gesunken
und leider ertrunken –
jener Unglücksrabe aus Peine.

108

There was an Old Person of Ewell,
Who chiefly subsisted on gruel;
But to make it more nice,
He inserted some mice,
Which refreshed that Old Person of Ewell.

Es warf mal ein Mann aus Schanghai
noch zwei Mäuse in seinen Brei:
ohne Zerkleinern,
nur zum Verfeinern –
dies schmeckte dem Mann aus Schanghai.

109

There was a Young Lady of Parma,
Whose conduct grew calmer and calmer;
    When they said, 'Are you dumb?'
    She merely said, 'Hum!'
That provoking Young Lady of Parma.

Es wurde 'ne Frau von der Ziller
jeden Tag immer stiller und stiller;
    als man fragt': »Seid Ihr stumm?«,
    sagt' sie lediglich: »Hm!« –
die verwegene Frau von der Ziller.

110

There was an Old Man of Aôsta,
Who possessed a large cow, but he lost her;
But they said, 'Don't you see,
She has rushed up a tree?
You invidious Old Man of Aôsta!'

Einem alten Mann aus den Anden
kam seine Milchkuh abhanden;
diese stieg auf 'nen Baum,
er glaubte es kaum –
jener skeptische Mann aus den Anden.

5 Im Original ist der Mann »invidious« (›Anstoß erregend; boshaft‹).

111

There was an Old Man, on whose nose,
Most birds of the air could repose;
    But they all flew away,
    At the closing of day,
Which relieved that Old Man and his nose.

Auf der Nase 'nes Mannes aus Glatz
fanden sehr viele Vögel Platz;
    doch Nase und Mann
    wurden leichter alsdann:
Nachts verließen die Vögel stets Glatz.

112

There was a Young Lady of Clare,
Who was madly pursued by a bear;
When she found she was tired,
She abruptly expired,
That unfortunate Lady of Clare.

Einer Frau aus Boulogne-sur-Mer
folgte einst ein sehr wütender Bär;
bald wurd' sie so müd,
dass sie plötzlich verschied –
jene Frau aus Boulogne-sur-Mer.

113

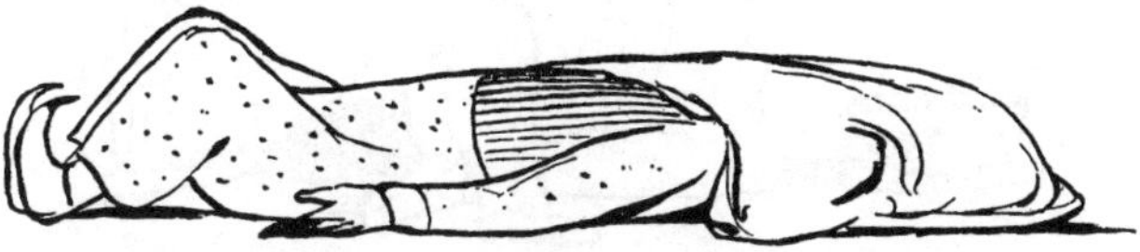

There was an Old Man of Hong Kong,
Who never did anything wrong;
He lay on his back,
With his head in a sack,
That innocuous Old Man of Hong Kong.

Es war mal ein Mann aus Plymouth,
der tat niemals irgendwas Schlimmes;
er lag (gar nicht nackt),
seinen Kopf eingesackt –
jener Unschuldsengel aus Plymouth.

1 f. »Plymouth« wird /plɪməθ/ ausgesprochen; »Schlimmes« sollte man daher lispeln.

114

There was an Old Person of Fife,
Who was greatly disgusted with life;
They sang him a ballad,
And fed him on salad,
Which cured that Old Person of Fife.

Es war mal ein Mann aus Feucht
vom Leben erheblich enttäuscht;
doch genas er bald wieder
durch Salate und Lieder –
jener traurige Mann aus Feucht.

115

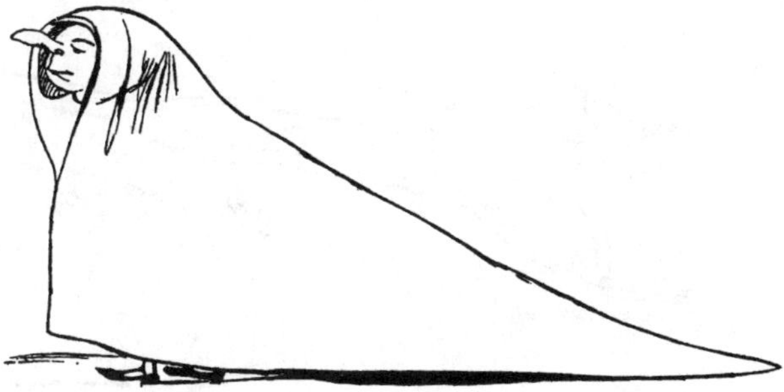

There was a Young Person in green,
Who seldom was fit to be seen;
She wore a long shawl,
Over bonnet and all,
Which enveloped that Person in green.

Es war mal 'ne Dame aus Weiden,
die pflegte sich grün zu bekleiden;
sie trug einen Umhang
von riesigem Umfang –
die grünliche Dame aus Weiden.

There was an Old Person of Slough,
Who danced at the end of a bough;
But they said, 'If you sneeze,
You might damage the trees,
You imprudent Old Person of Slough.'

Es tanzte ein Mann aus Wijk
sehr lebhaft auf einem Zweig;
man sagt': »Deine Hast
zerbricht bald den Ast –
du rastloser Mann aus Wijk.«

1 »Wijk« (in den Niederlanden) wird /vaik/ ausgesprochen.

3 Bei Lear gefährdet der Tänzer den Baum – und sich – durch ›Niesen‹ (»sneeze«).

5 Im Original ist der Mann »imprudent« (›unvorsichtig‹).

117

There was an Old Person of Putney,
Whose food was roast spiders and chutney,
Which he took with his tea,
Within sight of the sea,
That romantic Old Person of Putney.

Es war mal ein Mann aus Putney,
der aß stets nur Spinnen mit Chutney;
dazu trank er meist Tee,
mit Blick auf die See –
der romantische Alte aus Putney.

118

There was a Young Lady in white,
Who looked out at the depths of the night;
But the birds of the air,
Filled her heart with despair,
And oppressed that Young Lady in white.

Es war mal 'ne Dame aus Unkel,
die schaute ins nächtliche Dunkel;
und es brachten die Eulen
sie beinahe zum Heulen –
die verzweifelte Dame aus Unkel.

119

There was an Old Person of Brill,
Who purchased a shirt with a frill;
    But they said, 'Don't you wish,
    You mayn't look like a fish,
You obsequious Old Person of Brill?'

Es kaufte ein Mann aus Schaffhausen
nur Hemden mit sehr großen Krausen;
    sie sagten ihm harsch:
    »Du siehst aus wie ein Barsch –
du krausiger Mann aus Schaffhausen.«

5 Lears »obsequious« (›unterwürfig‹) ist hier nicht übersetzbar.

120

There was an Old Man of Three Bridges,
Whose mind was distracted by midges,
    He sate on a wheel,
    Eating underdone veal,
Which relieved that Old Man of Three Bridges.

Es wurde ein Mann aus Zweibrücken
zum Wahnsinn getrieben von Mücken;
    er stieg auf ein Rad
    und aß halbrohen Brat-
en – dies half rasch dem Mann aus Zweibrücken.

121

There was an Old Person of Wick,
Who said, 'Tick-a-Tick, Tick-a-Tick;
Chickabee, Chickabaw,'
And he said nothing more,
That laconic Old Person of Wick.

Es war mal ein Mann aus Wyk
auf Föhr, der sagte: »Tick tick,
Modersohn, Modersehr«,
und weiter nichts mehr –
der lakonische Mann aus Wyk.

122

There was a Young Lady in blue,
Who said, 'Is it you? Is it you?'
When they said, 'Yes, it is,' –
She replied only, 'Whizz!'
That ungracious Young Lady in blue.

Es fragte ein Mädchen in Blau
immer wieder: »Sind Sie es, gnä' Frau?«
Drauf sagte man: »Ja!«,
doch die Antwort war: »Pah!« –
des vorlauten Mädchens in Blau.

123

There was an Old Person of China,
Whose daughters were Jiska and Dinah,
Amelia and Fluffy,
Olivia and Chuffy,
And all of them settled in China.

Es hatte ein Mann in China
sechs Töchter: Franziska und Tina,
Amalie und Knuffi,
Olivia und Schnuffi –
und alle war'n wohnhaft in China.

124

There was an Old Man of the Dargle
Who purchased six barrels of Gargle;
For he said, 'I'll sit still,
And will roll them downhill,
For the fish in the depths of the Dargle.'

Es kaufte ein Mann von der Enns
sechs Fässer voll Desinfiziens;
die rollte er munter
den Hügel hinunter –
für die Fische im Wasser der Enns.

125

There was an Old Man in a Marsh,
Whose manners were futile and harsh;
He sate on a log,
And sang songs to a frog,
That instructive Old Man in a Marsh.

Es hatte ein Mann aus Düren
sehr spektakuläre Manieren;
er sang mit Gemüt
einem Frosch manches Lied –
der didaktische Mann aus Düren.

3 Bei Lear sitzt der Sänger auf einem »log« (›gefällten Baumstamm‹).

126

There was a Young Person in red,
Who carefully covered her head,
With a bonnet of leather,
And three lines of feather,
Besides some long ribands of red.

Es bedeckte 'ne Dame aus Schwelm
ihren Kopf mit einem Helm;
dieser war ganz ledern
und verziert mit Federn –
er schützte die Dame aus Schwelm.

3 »bonnet« bedeutet in erster Linie ›Hut, Kappe, Haube‹.
5 Im Original sind noch »ribands« (›Bänder‹) an der Haube befestigt.

127

There was an Old Person of Bree,
Who frequented the depths of the sea;
She nurs'd the small fishes,
And washed all the dishes,
And swam back again into Bree.

Es war mal 'ne Frau aus Xérez,
die schwamm in den Tiefen des Meeres;
sie versorgte die Fischlein
und wusch das Geschirr rein –
sie schwamm dann zurück nach Xérez.

There was an Old Man in a barge,
Whose nose was exceedingly large;
But in fishing by night,
It supported a light,
Which helped that Old Man in a barge.

Es hatte ein Mann in 'ner Barke
im Gesicht eine riesige Harke;
aus der hat er bei Nacht
einen Leuchter gemacht –
fürs Angeln von Bord seiner Barke.

129

There was an Old Person in black,
A grasshopper jumped on his back;
    When it chirped in his ear,
    He was smitten with fear,
That helpless Old Person in black.

Es sprang einem Mann aus Saarbrücken
eine Heuschrecke auf den Rücken;
    ihr Gezirp ohne Pausen
    erfüllt' ihn mit Grausen –
jenen hilflosen Mann aus Saarbrücken.

130

There was an Old Man of Toulouse
Who purchased a new pair of shoes;
When they asked, 'Are they pleasant?' –
He said, 'Not at present!'
That turbid Old Man of Toulouse.

Es war mal ein Mann aus Karlsruhe,
der kaufte sich einst neue Schuhe;
gefragt nach der Passform,
sagt' er: »Einer drückt vorn!« –
der verwirrte Mann aus Karlsruhe.

131

There was an Old Man of Blackheath,
Whose head was adorned with a wreath,
Of lobsters and spice,
Pickled onions and mice,
That uncommon Old Man of Blackheath.

Es trug mal ein Mann aus Le Mans
auf dem Kopfe ein Arrangement
aus Mäusen, des Weitern
Mixed Pickles und Kräutern –
jener seltsame Mann aus Le Mans.

3 In meiner Version fehlen die »lobsters« (›Hummer‹).

132

There was an Old Man on the Humber,
Who dined on a cake of burnt Umber;
When he said – 'It's enough!' –
They only said, 'Stuff!
You amazing Old Man on the Humber!'

Es war mal ein Mann aus der Tundra,
der aß gerne Törtchen aus Umbra;
als er sagte: »Nun Schluss!«,
sagten sie: »Das ist Stuss –
du komischer Mann aus der Tundra!«

2 »Umbra« ist eine dunkelbraune (Erd-)Farbe.

133

There was an Old Person of Stroud,
Who was horribly jammed in a crowd;
Some she slew with a kick,
Some she scrunched with a stick,
That impulsive Old Person of Stroud.

Es fühlte 'ne Frau aus Lenggries
sich in Volksmengen überaus mies;
sie hieb und trat emsig
und erschlug alle um sich –
die entnervte Frau aus Lenggries.

134

There was an Old Man of Boulak,
Who sate on a crocodile's back;
        But they said, 'Tow'rds the night,
        He may probably bite,
Which might vex you, Old Man of Boulak!'

Es war mal ein Mann vom Nil,
der saß auf 'nem Krokodil;
        doch sie sagten: »Als Happen
        wird es dich nächtens schnappen –
dies könnte dich ärgern am Nil.«

135

There was an Old Man of Ibreem,
Who suddenly threaten'd to scream:
    But they said, 'If you do,
    We will thump you quite blue,
You disgusting Old Man of Ibreem!'

Es war mal ein Mann aus Mayen,
der versuchte ganz plötzlich zu schreien;
    da drohten sie gleich:
    »Wir prügeln dich weich,
du entsetzlicher Mann aus Mayen.«

136

There was an Old Lady of France,
Who taught little ducklings to dance;
        When she said, 'Tick-a-tack!' –
        They only said, 'Quack!'
Which grieved that Old Lady of France.

Es brachte 'ne Frau von der Hudson Bay
einst jungen Enten das Tanzen bei;
        als sie sagte: »Ticktack!«,
        machten jene nur: »Quak!« –
dies grämte die Frau von der Hudson Bay.

1 »Bay« muss hier leider deutsch (wie »Bai«) ausgesprochen werden.

137

There was an Old Man who screamed out
Whenever they knocked him about;
    So they took off his boots,
    And fed him with fruits,
And continued to knock him about.

Es war mal ein Mann, der schrie heftig,
denn sie schlugen ihn oft und sehr kräftig;
    man nahm ihm das Schuhwerk –
    sie gaben ihm Naschwerk
und schlugen ihn weiter sehr heftig.

138

There was an Old Person of Woking,
Whose mind was perverse and provoking;
He sate on a rail,
With his head in a pail,
That illusive Old Person of Woking.

Es war mal ein Mann aus Cuers,
dessen Geist war ein wenig pervers:
Denn er steckte den Kopf
tief in einen Topf
und saß auf 'ner Stange in Cuers.

1 »Cuers« (in Südfrankreich) wird /kwɛrs/ ausgesprochen.

139

There was a Young Person of Bantry,
Who frequently slept in the pantry;
When disturbed by the mice,
She appeased them with rice
That judicious Young Person of Bantry.

Es schlief eine Dame aus Cammer
sehr oft in der Speisekammer;
den dreisten Mäusen
gab sie Reis zu speisen:
Die wurden ganz zahm in der Kammer.

5 Lear nennt die Dompteuse »judicious« (›vernünftig‹).

140

There was an Old Man at a junction,
Whose feelings were wrung with compunction,
    When they said 'The Train's gone!'
    He exclaimed 'How forlorn!'
But remained on the rails of the junction.

Es saß mal ein Mann aus Lünen
deprimiert auf den Eisenbahnschienen;
    doch der Zug war schon weg,
    da rief er: »O Schreck!«
und verharrt' mit Geduld auf den Schienen.

2 »compunction« ist wörtlich mit ›Gewissensbisse, Reue‹ zu übersetzen.

141

There was an Old Man, who when little
Fell casually into a kettle;
But, growing too stout,
He could never get out,
So he passed all his life in that kettle.

Es fiel mal ein Mann, als er klein war,
in 'nen Kessel, der Gott sei Dank rein war;
doch im Laufe der Zeit
wurd' der Mann dick und breit
und kam daher nicht mehr aus dem Kessel.

142

There was an Old Lady of Winchelsea,
Who said, 'If you needle or pin shall see,
　　On the floor of my room,
　　Sweep it up with the broom!' –
That exhaustive Old Lady of Winchelsea!

Es gab eine Dame aus Kehl
ihrer Magd einen strengen Befehl:
　　»Du wirst mit dem Besen
　　jedes Stäubchen auflesen!« –
sprach die pinglige Dame aus Kehl.

143

There was a Young Lady of Firle,
Whose hair was addicted to curl;
It curled up a tree,
And all over the sea,
That expansive Young Lady of Firle.

Es war mal 'ne Dame aus Bingen,
deren Haare neigten zum Kringeln
am Baum und am Strauch –
übers weite Meer auch –
die Locken der Dame aus Bingen.

5 Im Original ist die Dame »expansive« (›expansiv‹).

144

There was an Old Person of Rye,
Who went up to town on a fly;
        But they said, 'If you cough,
        You are safe to fall off!
You abstemious Old Person of Rye!'

Es war mal ein Mann aus Karatschi,
der nahm sich 'ne Fliege als Taxi;
        doch da sagten sie: »Wetten?
        Du bist nicht zu retten,
wenn du hustest auf deinem Flug-Taxi.«

5 Lear nennt den sparsamen Mann »abstemious« (›bescheiden‹).

145

There was an Old Man of Messina,
Whose daughter was named Opsibeena;
    She wore a small wig,
    And rode out on a pig,
To the perfect delight of Messina.

Es hatte ein Mann aus Messina
eine Tochter, die hieß Opsibina;
    sie trug stets Perücken
    und ritt auf dem Rücken
eines Schweines durch ganz Messina.

146

There is a Young Lady, whose nose,
Continually prospers and grows;
When it grew out of sight,
She exclaimed in a fright,
'Oh! Farewell to the end of my nose!'

Es lebt eine Dame in Klausen,
deren Nase wächst ohne Pausen;
da entschwand ihren Blicken
der Nasenrücken –
sie sah ihn nie wieder in Klausen.

1 Dies ist Lears einziger Limerick, der nicht mit »There was ...« beginnt.

147

There was an Old Person of Cannes,
Who purchased three fowls and a fan;
Those she placed on a stool,
And to make them feel cool
She constantly fanned them at Cannes.

Es kaufte 'ne Dame aus Schwechat
drei Hühner, die hat sie befächert:
Das Geflügel saß kühl
oben auf dem Gestühl
der tierlieben Dame aus Schwechat.

148

There was an Old Person of Barnes,
Whose garments were covered with darns;
But they said, 'Without doubt,
You will soon wear them out,
You luminous Person of Barnes!'

Es trug mal ein Mann aus Wickham
nur Kleider mit vielen Flicken;
man sagt': »Ganz ohne Klagen
wirst du sie bald abtragen –
du pfiffiger Mann aus Wickham.«

1 »Wickham« wird /wɪkəm/ ausgesprochen.

149

There was an Old Man of Cashmere,
Whose movements were scroobious and queer;
    Being slender and tall,
    He looked over a wall,
And perceived two fat ducks of Cashmere.

Es verhielt sich ein Mann aus Todtmoos
ganz seltsam und sehr skurbios:
    Er lag auf der Lauer
    hinter 'ner Mauer –
da sah er zwei Enten aus Todtmoos.

2 Zu »scroobious« und »skurbios« siehe Limerick Nr. 39.
3 Lears Tierfreund ist ›schlank und groß‹ (»slender and tall«).

150

There was an Old Person of Hove,
Who frequented the depths of a grove;
Where he studied his books,
With the wrens and the rooks,
That tranquil Old Person of Hove.

Es war mal ein Mann aus Ziegenhain,
der besuchte oft einen Olivenhain;
dort konnten die Krähen
ihm beim Lesen zusehen –
dem bedächtigen Mann aus Ziegenhain.

4 Im Original wird der Freiluftleser auch von »wrens« (›Zaunkönigen‹) besucht.

151

There was an Old Person of Down,
Whose face was adorned with a frown;
    When he opened the door,
    For one minute or more,
He alarmed all the people of Down.

Es war mal ein Mann aus Kirn,
der runzelte dauernd die Stirn;
    er riss manchmal die Tür auf –
    da verschwanden im Lauf
die erschreckten Leute von Kirn.

There was an Old Man of Dunluce,
Who went out to sea on a goose:
When he'd gone out a mile,
He observ'd with a smile,
'It is time to return to Dunluce.'

Es war mal ein Mann aus Douai,
der stach auf 'ner Gans in See;
doch nach einer Meile
rief er schon: »Ich eile
jetzt lieber zurück nach Douai.«

153

There was a Young Person of Kew,
Whose virtues and vices were few;
  But with blameable haste,
  She devoured some hot paste,
Which destroyed that Young Person of Kew.

Es hatte 'ne Frau aus Nebraska
keine Tugenden und keine Laster;
  doch sie aß mit viel Eile
  heißen Brei ohne Weile –
daran starb jene Frau aus Nebraska.

154

There was an Old Person of Sark,
Who made an unpleasant remark;
But they said, 'Don't you see
What a brute you must be!'
You obnoxious Old Person of Sark.

Es war mal ein Mann aus Neviges,
der redete sehr oft Abfälliges;
daran nahmen sie Anstoß
und sagten: »Hör auf bloß,
du schädlicher Mann aus Neviges.«

155

There was an Old Person of Filey,
Of whom his acquaintance spoke highly;
He danced perfectly well,
To the sound of a bell,
And delighted the people of Filey.

Es war mal ein Mann aus Hochheim,
den schätzten die Freunde sehr hoch ein;
er tanzte Gavotte
zum Klang einer Glocke –
dies erfreute die Leute von Hochheim.

156

There was an Old Man of El Hums,
Who lived upon nothing but crumbs,
Which he picked off the ground,
With the other birds round,
In the roads and the lanes of El Hums.

Es war mal ein Mann aus Bad Soden,
der pickte stets Körner vom Boden:
in aller Regel
gemeinsam mit Vögeln –
auf den Straßen und Plätzen von Soden.

2 Im Original lebt der Mann von »crumbs« (›Krumen‹).

157

There was an Old Man of West Dumpet,
Who possessed a large nose like a trumpet;
When he blew it aloud,
It astonished the crowd,
And was heard through the whole of West Dumpet.

Es hatte ein Mann aus Papeete
eine Nase wie eine Trompete;
sein Trompnasenspiel
war voller Gefühl –
dies erstaunte das Volk von Papeete.

158

There was an Old Man of Port Grigor,
Whose actions were noted for vigour;
He stood on his head,
Till his waistcoat turned red,
That eclectic Old Man of Port Grigor.

Es war mal ein Mann aus Alkmaar
sehr berühmt, weil er überaus stark war;
seine Weste lief rot an,
wenn er lang auf dem Kopf stand –
der eklektische Mann aus Alkmaar.

5 »eclectic«, »eklektisch« (›unoriginell zusammenstückelnd‹) gibt hier keinen Sinn.

159

There was an Old Person of Bar,
Who passed all her life in a jar,
    Which she painted pea-green,
    To appear more serene,
That placid Old Person of Bar.

Es verbrachte 'ne Dame aus Zug
ihr Leben in einem Krug;
    den bemalte sie grün,
    dass sie heiterer schien –
jene friedliche Dame aus Zug.

160

There was an Old Person of Pett,
Who was partly consumed by regret;
He sate in a cart,
And ate cold apple tart,
Which relieved that Old Person of Pett.

Es war mal ein Mann aus den Tauern,
den verzehrte sein stetes Bedauern;
er saß in 'nem Karren
und aß Kaiserschmarren –
dies half dem Mann aus den Tauern.

161

There was an Old Person of Newry,
Whose manners were tinctured with fury;
He tore all the rugs,
And broke all the jugs
Within twenty miles' distance of Newry.

Es war mal ein Mann aus Elmshorn,
den packte sehr oft jäher Zorn;
jede Orientbrücke
riss er gleich in Stücke
und zerschlug jeden Krug in Elmshorn.

162

There was an Old Person of Jodd,
Whose ways were perplexing and odd;
    She purchased a whistle,
    And sate on a thistle,
And squeaked to the people of Jodd.

Es war mal 'ne Dame aus Kiel,
die verfolgte ein seltsames Ziel:
    Sie kauft' sich 'ne Pfeife
    ganz ohne Umschweife
und pfiff für die Leute aus Kiel.

4 Lear lässt sie auf einer »thistle« (›Distel‹) sitzen.

163

There was an Old Person of Shoreham,
Whose habits were marked by decorum;
He bought an umbrella,
And sate in the cellar,
Which pleased all the people of Shoreham.

Es war mal ein Mann aus Ripoll,
der benahm sich immer sehr stilvoll;
oft saß er unter
'nem Schirm ganz munter
in einem Keller in Ripoll.

164

There was an Old Man of Dumbree,
Who taught little owls to drink tea;
For he said, 'To eat mice,
Is not proper or nice'
That amiable Man of Dumbree.

Es brachte ein Mann von der Schlei
jungen Eulen das Teetrinken bei;
denn sie sollten das Fressen
von Mäusen vergessen –
das meinte der Mann von der Schlei.

5 Lear nennt ihn »amiable« (›liebenswürdig‹).

165

There was an Old Person of Wilts,
Who constantly walked upon stilts;
He wreathed them with lilies,
And daffy-down-dillies,
That elegant Person of Wilts.

Es war mal ein Mann aus Brabant,
der ging nur auf Stelzen durchs Land;
diese schmückt' er mit zarten
Blumen vieler Arten –
jener modische Mann aus Brabant.

3 f. Im Original bekränzt er die Stelzen mit »lilies« (›Lilien‹) und »daffy-down-dillies« – einer poetischen Variante von »daffodils« (›Narzissen‹).

166

There was an Old Man whose remorse,
Induced him to drink caper sauce;
For they said, 'If mixed up,
With some cold claret-cup,
It will certainly soothe your remorse!'

Es war mal ein Mann aus Füssen,
der hatte ein schlechtes Gewissen;
sie sagten: »Trink Riesling
mit Kapern, du Fiesling –
dies beruhigt dein schlechtes Gewissen.«

4 Lear lässt den Mann »claret-cup« (›Rotweinbowle‹) trinken.

167

There was an Old Person of Cassel,
Whose nose finished off in a tassel;
    But they call'd out, 'Oh well! –
    Don't it look like a bell!'
Which perplexed that Old Person of Cassel.

Es war mal ein Mann aus Laasphe,
dessen Nase sah aus wie 'ne Quaste;
    doch sie riefen: »So lang
    ist ein Glockenstrang!« –
dies verwirrte den Mann aus Laasphe.

4 Im Original verwenden die ›anderen‹ vulgärerweise die Form »Don't« statt »Doesn't«.

168

There was a Young Person of Janina,
Whose uncle was always a fanning her;
When he fanned off her head,
She smiled sweetly, and said,
'You propitious Old Person of Janina!'

Es war mal 'ne Dame aus Mendig,
deren Onkel befächelt' sie ständig;
so verlor sie nach Tagen
den Kopf ohne Klagen –
durch das Fächeln des Onkels aus Mendig.

5 Im Original nennt das Mädchen den Onkel »propitious« (›wohlgesinnt‹).

169

There was an Old Person of Ware,
Who rode on the back of a bear:
When they ask'd, – 'Does it trot?' –
He said 'Certainly not!
He's a Moppsikon Floppsikon bear!'

Es war mal ein Mann aus Mähren,
der ritt ganz stolz auf 'nem Bären;
»Kann der traben?«, so fragt' man,
»Kann er nicht«, sagt' der Bärmann,
»dies ist einer der Schwabb-Wabbel-Bären!«

5 In Lears scherzhaftem »Moppsikon Floppsikon« kann man »mop« (›Mop, Lappen‹) und »flop« (›plumpsen‹ u. a.) entdecken – Schwabbliges also.

170

There was an Old Person of Dean
Who dined on one pea, and one bean;
    For he said, 'More than that,
    Would make me too fat,'
That cautious Old Person of Dean.

Es aß mal ein Mann von der Rhône
eine Erbse und auch eine Bohne;
    er sagt' immerzu:
    »Ess ich mehr, nehm ich zu!« –
der bedächtige Mann von der Rhône.

171

There was an Old Person of Dundalk,
Who tried to teach fishes to walk;
When they tumbled down dead,
He grew weary, and said,
'I had better go back to Dundalk!'

Es versuchte ein Mann von den Schären,
die Fische das Laufen zu lehren;
doch sie waren zu dumm
und fielen tot um –
da ging er zurück auf die Schären.

172

There was a Young Person of Ayr,
Whose head was remarkably square:
On the top, in fine weather,
She wore a gold feather;
Which dazzled the people of Ayr.

Es hatte 'ne Frau aus Gstaad
ein Profil wie ein großes Quadrat;
es war federgeschmückt
und hat alle entzückt,
die es sahen in und um Gstaad.

173

There was an Old Person of Skye,
Who waltz'd with a bluebottle fly:
    They buzz'd a sweet tune,
    To the light of the moon,
And entranced all the people of Skye.

Es tanzte ein Mann aus Tulsa
mit einer Schmeißfliege Walzer;
    sie summten verliebt
    zusammen ein Lied
und entzückten die Leute von Tulsa.

1 »Tulsa« wird /tʌlsə/ ausgesprochen.

174

There was an Old Man of Dumblane,
Who greatly resembled a crane;
    But they said, – 'Is it wrong,
    Since your legs are so long,
To request you won't stay in Dumblane?'

Es war mal ein Mann vom Branich,
der ähnelte sehr einem Kranich;
    sie waren sich einig:
    er war zu langbeinig –
sie verjagten ihn daher vom Branich.

1 Der Branich ist ein weitgehend unbekannter, jedoch real existierender Berg in Schriesheim bei Heidelberg.

175

There was an Old Person of Hyde,
Who walked by the shore with his bride,
Till a crab who came near,
Fill'd their bosoms with fear,
And they said, 'Would we'd never left Hyde!'

Es führte ein Mann aus Bühren
am Strand seine Braut spazieren,
bis ein Krebs sie anbleckte
und zutiefst erschreckte –
da riefen sie: »Wär'n wir in Bühren!«

3 Nur in Limericks können Krebse harmlose Passanten anblecken; so etwas tun sonst nur Hunde.

176

There was an Old Person of Rimini,
Who said, 'Gracious! Goodness! O Gimini!'
When they said, 'Please be still!'
She ran down a hill,
And was never more heard of at Rimini.

Es war mal 'ne Frau aus Verviers,
die rief: »Ach, du Himmel, herrjeh!«
Als sie sagten: »Gib Ruhe!
Was soll dies Getue?« –
da rannte sie weg aus Verviers.

There was an Old Man in a tree,
Whose whiskers were lovely to see;
    But the birds of the air,
    Pluck'd them perfectly bare,
To make themselves nests in that tree.

Es saß mal ein Mann auf 'nem Baum,
dessen Bart war viel dichter als Flaum;
    kleine Vögel ohne Zahl
    zupften ihn sehr bald kahl –
und bauten sich Nester im Baum.

2 Bei Lear ist von den »whiskers« (›Backen- oder Schnurrbart‹) die Rede.

178

There was a Young Lady of Corsica,
Who purchased a little brown saucy-cur;
    Which she fed upon ham,
    And hot raspberry jam,
That expensive Young Lady of Corsica.

Es kaufte 'ne Dame aus Vauxhall
ein kohlrabenschwarzes Foxerl;
    sie reichte ihm Schinken
    und gab ihm zu trinken –
die spendable Dame aus Vauxhall.

1 »Vauxhall« wird /ˈvɔksɔːl/ ausgesprochen.
4 Im Original bekommt der Hund auch heiße »raspberry jam« (›Himbeermarmelade‹).

179

There was an Old Person of Bray,
Who sang through the whole of the day
    To his ducks and his pigs,
    Whom he fed upon figs,
That valuable Person of Bray.

Es sang mal ein Herr aus Rheine
nur für seine Enten und Schweine;
    er nährte die Schweigen-
    den nur mit Feigen –
jener würdige Herr aus Rheine.

180

There was an Old Person of Sestri,
Who sate himself down in the vestry,
When they said 'You are wrong!' –
He merely said 'Bong!'
That repulsive Old Person of Sestri.

Es war mal ein Mann von der FAZ,
der nahm im Theaterraum Platz;
als sie sagten: »Verboten!«,
sagte er nur: »Wieso denn?« –
der kritische Mann von der FAZ.

1 Hinter der FAZ verbirgt sich natürlich ein kluger Kopf.
2 Bei Lear sitzt der Mann an einem ruhigeren Ort – in der ›Sakristei‹ (»vestry«).
4 Im Gegensatz zu dem Mann von der FAZ ist Lears Sitzender ›abstoßend‹ (»repulsive«).

181

There was an Old Person of Bude,
Whose deportment was vicious and crude;
He wore a large ruff,
Of pale straw-coloured stuff,
Which perplexed all the people of Bude.

Es war mal ein Mann aus Pau,
der benahm sich ganz bäurisch und roh;
er trug wie ein Depp
eine Krause aus Krepp –
dies verwirrte die Leute von Pau.

1 »Pau« (in Südfrankreich) wird /po:/ ausgesprochen.

182

There was an Old Person of Bow,
Whom nobody happened to know;
So they gave him some soap,
And said coldly, 'We hope
You will go back directly to Bow!'

Einen alten Mann aus den Cevennen
schien überhaupt niemand zu kennen;
ohne lange Umschweife
gaben sie ihm viel Seife –
und verbannten ihn in die Cevennen.

183

There was a Young Lady of Greenwich,
Whose garments were border'd with spinach;
    But a large spotty calf,
    Bit her shawl quite in half,
Which alarmed that Young Lady of Greenwich.

Es trug eine Frau von der Eider
nur spinatverzierte Kleider;
    doch 'ne scheckige Kuh
    zermalmte im Nu
den Umhang der Frau von der Eider.

184

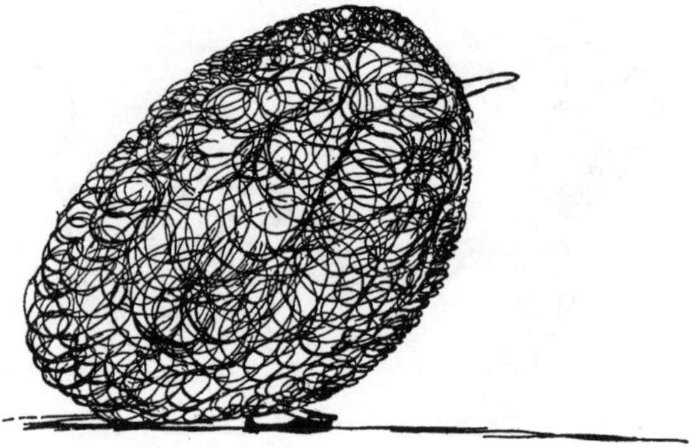

There was an Old Person of Brigg,
Who purchased no end of a wig;
So that only his nose,
And the end of his toes,
Could be seen when he walked about Brigg.

Es kaufte ein Mann aus Bücke-
burg eine enorme Perücke;
nur noch Nase und Zeh'n
waren deutlich zu sehn
von dem alten Burger aus Bücke.

185

There was an Old Person of Crowle,
Who lived in the nest of an owl;
    When they screamed in the nest,
    He screamed out with the rest,
That depressing Old Person of Crowle.

Es lebte ein Mann aus Deutzen
zusammen mit mehreren Käuzen:
    Sie schrien gemeinsam,
    so war er nicht einsam –
der verwirrende Mann aus Deutzen.

186

There was an Old Person in gray,
Whose feelings were tinged with dismay;
She purchased two parrots,
And fed them with carrots,
Which pleased that Old Person in gray.

Es war mal 'ne Dame in Grau,
die fühlte sich meistens ganz flau;
sie gab ihren lieben
Papageien nur Rüben –
dies gefiel jener Dame in Grau.

There was an Old Person of Blythe,
Who cut up his meat with a scythe;
    When they said, 'Well! I never!' –
    He cried, 'Scythes for ever!'
That lively Old Person of Blythe.

Es war mal ein Mann von der Themse,
der tranchierte das Fleisch mit 'ner Sense;
    als sie riefen: »Pfui Teufel!«,
    sagte er: »Ohne Zweifel
bevorzuge ich eine Sense.«

188

There was an Old Person of Ealing,
Who was wholly devoid of good feeling;
He drove a small gig,
With three owls and a pig,
Which distressed all the people of Ealing.

Es war mal ein Mann aus Bremen,
der hatte kein gutes Benehmen;
neben anderen Tieren
fuhr er Eulen spazieren –
dies verstörte die Leute aus Bremen.

4 Lears »pig« (›Schwein‹) ist mir in der Übersetzung leider entlaufen.

189

There was an Old Person of Ickley,
Who could not abide to ride quickly,
He rode to Karnak,
On a tortoise's back,
That moony Old Person of Ickley.

Es war mal ein Mann aus Duneiken,
der wollte nur ganz langsam reiten;
er ritt voll Entzücken
auf 'nem Schildkröten-Rücken –
der verträumte Mann aus Duneiken.

190

There was an Old Man of Ancona,
Who found a small dog with no owner,
Which he took up and down,
All the streets of the town;
That anxious Old Man of Ancona.

Es fand mal ein Mann aus Nizza
ein Hündchen ganz ohne Besitzer;
mit ihm lief er im Trab
durch die Straßen der Stadt –
jener ängstliche Mann aus Nizza.

191

There was an Old Person of Grange,
Whose manners were scroobious and strange;
He sailed to St. Blubb,
In a waterproof tub,
That aquatic Old Person of Grange.

Es führte ein Mann aus Bangor
etwas sehr Skurbioses vor:
Er fuhr in 'ner Wanne
zu See – ohne Panne! –
jener Aquamane aus Bangor.

2 Zu »scroobious« (›skurbios‹) s. Limerick Nr. 39.

5 Lears »aquatic« (›auf dem / im Wasser lebend‹) habe ich versuchsweise durch »Aquamane« (›Wasserliebhaber‹) wiedergegeben.

192

There was an Old Person of Nice,
Whose associates were usually geese.
They walked out together,
In all sorts of weather.
That affable Person of Nice!

Einen älteren Herrn aus Odense
begleiteten meistens vier Graugänse;
man sah ihn nie einsam,
er lief stets gemeinsam
mit den Gänsen durchs Zentrum von Odense.

1 »Odense« wird auf der ersten Silbe betont.
5 Im Original ist der Tierfreund »affable« (›leutselig‹).

193

There was an Old Person of Deal
Who in walking, used only his heel;
        When they said, 'Tell us why?' –
        He made no reply;
That mysterious Old Person of Deal.

Es war mal ein Mann aus Südmersen,
der ging nur auf seinen Fersen;
        als man fragte: »Warum?«,
        da blieb er ganz stumm –
jener seltsame Mann aus Südmersen.

194

There was an Old Man of Thermopylæ,
Who never did anything properly;
    But they said, 'If you choose,
    To boil eggs in your shoes,
You shall never remain in Thermopylæ.'

Es war mal ein Mann aus Malsch,
der machte stets alles ganz falsch;
    sie sagten: »Nur zu!
    Koch die Eier im Schuh –
dann verjagen wir dich bald aus Malsch!«

195

There was an Old Person of Minety
Who purchased five hundred and ninety
    Large apples and pears,
    Which he threw unawares,
At the heads of the people of Minety.

Es warf mal ein Mann aus Danzig
viel mehr als fünfhundertundzwanzig
    Äpfel und Birnen
    unerkannt an die Stirnen
der ratlosen Leute von Danzig.

196

There was an Old Man whose despair
Induced him to purchase a hare:
Whereon one fine day,
He rode wholly away,
Which partly assuaged his despair.

Es kaufte ein Mann aus Sardinien
vor Verzweiflung ein großes Kaninchen;
auf ihm ritt er dahin,
man weiß nicht, wohin –
dies kurierte den Mann aus Sardinien.

1 Der geneigte Leser möge hier »Sardinien« sächsisch (wie »Sardinchen«) aussprechen.
2 Lear lässt den Verzweifelten einen »hare« (›Hasen‹) kaufen.

197

There was an Old Person of Pinner,
As thin as a lath, if not thinner;
        They dressed him in white,
        And roll'd him up tight,
That elastic Old Person of Pinner.

Es war mal ein Mann aus Lynn
wie 'ne Bohnenstange so dünn;
        sie zogen ihn weiß an
        und rollten zum Kreis dann
den elastischen Mann aus Lynn.

198

There was an Old Person of Bromley,
Whose ways were not cheerful or comely;
He sate in the dust,
Eating spiders and crust,
That unpleasing Old Person of Bromley.

Es war mal ein Mann aus Wittlich,
der benahm sich nicht sehr appetitlich;
er schlug Spinnen tot
und aß sie mit Brot –
jener eklige Mann aus Wittlich.

3 Lears Spinnenesser sitzt während der Mahlzeit ›im Staub‹ (»in the dust«).

199

There was an Old Man of Dunrose;
A parrot seized hold of his nose.
    When he grew melancholy,
    They said, 'His name's Polly,'
Which soothed that Old Man of Dunrose.

---

a) Einen Mann aus Süd-Connemara
biss einst ein riesiger Ara
    in die Nase: Dies schmerzt' ihn,
    und man nannte zum Scherz ihm
den Namen des Vogels: Tamara.

b) In die Nase 'nes Mannes aus Rye
verbiss sich mal ein Papagei;
    dies schmerzte den Mann,
    doch zum Trost nannte man
ihm den Namen des Vogels: Sir Guy.

200

There was an Old Man on the Border,
Who lived in the utmost disorder;
He danced with the cat,
And made tea in his hat,
Which vexed all the folks on the Border.

Es war mal ein Mann aus Laos,
der lebte im äußersten Chaos:
Denn er war nur zu Katzen gut –
Tee kocht' er stets im Hut –
dies störte die Leute in Laos.

201

There was an Old Man of Spithead,
Who opened the window, and said, –
    'Fil-jomble, fil-jumble,
    Fil-rumble-come-tumble!'
That doubtful Old Man of Spithead.

Es öffnet' ein Mann aus Telgte
das Fenster ganz weit und schwelgte:
    »Krambambel, Krumbumbel,
    Krimbimbel, Krambumbel!« –
jener seltsame Mann aus Telgte.

202

There was an Old Person of Sheen,
Whose expression was calm and serene;
He sate in the water,
And drank bottled porter,
That placid Old Person of Sheen.

Es war mal ein Mann aus Jamaica,
dessen Miene war ruhig und heiter;
im Wasser am Pier
saß er oft und trank Bier –
jener glückliche Mann aus Jamaica.

203

There was an Old Person of Florence,
Who held mutton chops in abhorrence;
He purchased a bustard,
And fried him in mustard,
Which choked that Old Person of Florence.

Es war mal ein Mann aus Nordhessen,
der mochte kein Hammelfleisch essen;
er briet einen Albatros
knusprig und kroß –
dran erstickte der Mann aus Nordhessen.

3 Lear lässt den Mann einen »bustard« (›Trappe‹) in »mustard« (›Senf‹) verspeisen. Der Vogel auf seiner Zeichnung ähnelt eher einer Gans.

204

There was an Old Person of Loo,
Who said, 'What on earth shall I do?'
    When they said, 'Go away!' –
    She continued to stay,
That vexatious Old Person of Loo.

Es war mal 'ne Frau aus Rangoon,
die fragte: »Was soll ich nur tun?«
    Sie sagten: »Geh fort!«,
    doch sie blieb stur am Ort –
jene lästige Frau aus Rangoon.

205

There was an Old Person of Pisa,
Whose daughters did nothing to please her;
    She dressed them in gray,
    And banged them all day,
Round the walls of the city of Pisa.

Es hatte 'ne Dame aus Horchem
drei Töchter, die ihr nicht gehorchten;
    sie kleidet' sie gräulich
    und prügelt' sie bläulich –
die strenge Dame aus Horchem.

206

There was an Old Man in a garden,
Who always begged every-one's pardon;
When they asked him, 'What for?' –
He replied 'You're a bore!
And I trust you'll go out of my garden.'

Ein Kavalier in 'nem Salon
bat jedermann gleich um Pardon;
als sie fragten: »Warum?«,
sagte er nur: »Darum –
und verlassen Sie meinen Salon!«

1/5 Bei Lear spielt sich diese Szene im Garten ab.

207

There was an Old Man of Thames Ditton,
Who called for something to sit on;
But they brought him a hat,
And said – 'Sit upon that,
You abruptious Old Man of Thames Ditton!'

Es verlangte ein Mann aus Kabul
zum Sitzen sehr dringend 'nen Stuhl;
doch sie brachten 'nen Hut –
darauf säße man gut,
so sagten sie ihm in Kabul.

5 Lears Variante »abruptious« zu »abrupt« (›plötzlich‹) bleibt unübersetzt.

208

There was an Old Man of Dee-side
Whose hat was exceedingly wide,
But he said 'Do not fail,
If it happen to hail
To come under my hat at Dee-side!'

Es war mal ein Mann aus Sankt Veit,
dessen Hut war ganz ungewohnt breit;
doch er sagte: »Wenn's schneit,
kommt nur bald, liebe Leit',
unter meinen Hut in Sankt Veit.«

There was an Old Man at a station,
Who made a promiscuous oration;
    But they said, 'Take some snuff! –
    You have talk'd quite enough
You afflicting Old Man at a station!'

Es hielt auf dem Bahnhof von Aden
ein Mann sehr verworrene Reden;
    sie boten ihm Pillen,
    den Redefluss zu stillen –
jener Nervensäge aus Aden.

1 Der Leser möge gefälligst den Namen dieser ehemaligen englischen Kolonie auch so aussprechen: /eɪdn/.
3 Im Original wird dem Vielredner »snuff« (›Schnupftabak‹) angeboten.

Dieser Limerick ist wohl der einzige, in dem Lear auf Zeitgenössisches anspielt: auf Gladstones Wahlkampfreisen durch die Provinz.

210

There was an Old Person of Shields,
Who frequented the valley and fields;
All the mice and the cats,
And the snakes and the rats,
Followed after that Person of Shields.

Es war mal ein Mann aus Rourkela,
der lief über Berge und Täler;
alle Mäuse und Katzen
und Schlangen und Ratzen,
die folgten dem Mann aus Rourkela.

211

There was a Young Person in pink,
Who called out for something to drink;
    But they said, 'O my daughter,
    There's nothing but water!'
Which vexed that Young Person in pink.

Eine blasse Dame aus Enken
verlangte nach kühlen Getränken;
    doch man gab ihr nur Wasser,
    da wurd' sie noch blasser –
jene durstige Dame aus Enken.

1 Im Original ist die Dame »pink« (›rosa‹) gekleidet.

There was a Young Person whose history,
Was always considered a mystery;
She sate in a ditch,
Although no one knew which,
And composed a small treatise on history.

Es hatte 'ne Dame aus Manderscheid
eine mysteriöse Vergangenheit;
sie hockte sich nieder
und beschrieb hin und wieder
die Geschichte der Leute von Manderscheid.

213

There was an old sailor of Compton,
Whose vessel a rock it once bump'd on,
The shock was so great,
That it damaged the pate,
Of that singular sailor of Compton.

Das Schiff eines Manns von der Lippe
zerschellte einst an einer Klippe;
es krachte sehr kräftig,
und der Kopf schmerzte heftig –
des Seemanns vom Ufer der Lippe.

214

There was an Old Man of New York,
Who murdered himself with a fork;
        But nobody cried,
        Though he very soon died,
For that silly Old Man of New York.

Es war mal ein Mann aus Zagel,
der tötete sich mit 'ner Gabel;
        doch hat niemand getrauert,
        und auch keiner bedauert
den Freitod des Mannes aus Zagel.

215

There was an Old Man of Kildare,
Who climbed into a very high chair;
When he said, – 'Here I stays,
Till the end of my days',
That immovable Man of Kildare.

Es war mal ein Mann aus Seoul,
der kletterte hoch auf 'nen Stuhl;
dort sagt er: »Ick bleib hier,
und keiner vertreibt mir!« –
jener sitzfeste Mann aus Seoul.

3 Der Koreaner berlinert: So wird – Pardon! – die Vulgarität des Lear'schen Kletterers (»I stays«) ins Deutsche gerettet.

Anhang

Literaturhinweise

I. Zum Limerick und zur Nonsense-Literatur

H. L. Reed, *The Complete Limerick Book,* London 1924.
E. Sewell, *The Field of Nonsense,* London 1952.
G. Legman, *The Limerick: 1700 Examples […],* Paris 1953; London 1974.
A. Liede, *Dichtung als Spiel. Studien zur Unsinnspoesie an den Grenzen der Sprache,* 2 Bde., Berlin 1963.
W. S. Baring-Gould, *The Lure of the Limerick,* London 1968.
R. Hildebrandt, *Nonsense-Aspekte der englischen Kinderliteratur,* Weinheim 1970.
A. Schöne, *Englische Nonsense- und Grusel-Balladen,* Göttingen 1970.
D. Petzold, *Formen und Funktionen der englischen Nonsense-Dichtung,* Nürnberg 1972.
K. Reichert, *Lewis Carroll. Studien zum literarischen Unsinn,* München 1974.
J. Harrowven, *The Limerick Makers,* London 1976.
C. W. Thomsen, *Das Groteske und die englische Literatur,* Darmstadt 1977.
C. Bibby, *The Art of the Limerick,* London 1978.
W. Tigges (ed.), *Explorations in the Field of Nonsense,* Amsterdam 1987.
A. Caboni, *Nonsense: Edward Lear e la tradizione del nonsense inglese,* Rom 1988.
A. C. Colley, »The Limerick and the Space of Metaphor«, in: *Genre* 21 (1988) S. 65–91.
W. Tigges, *An Anatomy of Literary Nonsense,* Amsterdam 1988.

P. Köhler, *Nonsens. Theorie und Geschichte der literarischen Gattung,* Heidelberg 1989.
– (Hrsg.), *Das Nonsens-Buch,* Stuttgart 1990.
J.-J. Lecercle, *Philosophy of Nonsense: The Intuitions of Victorian Nonsense Literature,* London 1994.
E. Rossiter, *A Theory of Nonsense,* Diss. University of Westminster 1996 [unveröff.].
N. Malcolm, *The Origins of English Nonsense,* London 1997.
Th. Stemmler / St. Horlacher (Hrsg.), *Sinn im Unsinn. Über Unsinnsdichtung vom Mittelalter bis zum 20. Jahrhundert,* Tübingen 1997.
W. Raveling (Hrsg.), *Limericks,* Stuttgart 1999.

II. Zu Edward Lear

1. *Ausgaben*

A Book of Nonsense, by Derry down Derry, London 1846.
Nonsense Songs, Stories, Botany, and Alphabets, London 1871.
More Nonsense, Pictures, Rhymes, Botany, etc, London 1872.
Laughable Lyrics, London 1877.
The Complete Nonsense of Edward Lear, ed. by H. Jackson, London 1947 [u. ö.].
Letters of Edward Lear, Author of The Book of Nonsense, to Chichester Fortescue, Lord Carlingford, and Frances Countess Waldgrave, ed. by Lady Strachey, Freeport 1970.
Lear in the Original, ed. by H. W. Liebert, New York 1975.
Edward Lear: A Book of Bosh, ed. by B. Alderson, Harmondsworth 1975 [u. ö.].
Nonsensus, ed. by J. G. Schiller, Stroud 1988.
Selected Letters, ed. by V. Noakes, Oxford 1990.
Book of Nonsense and Nonsense Songs, Claremont 1996.
Selected Poems of Edward Lear, ed. by G. Herbert and I. Hamilton, London 1997.
Edward Lear: The Complete Nonsense and Verse, ed. by V. Noakes, London 2006.

2. *Deutsche Übersetzungen*

H. C. Artmann, *Edward Lears Nonsense-Verse,* Frankfurt a. M. 1964.

G. Fischer, *Wie nett, Herrn Lear zu kennen,* München 1965.

H. A. Halbey, *Der Quingelwingelquie,* Bilder von H. Oxenbury, Freising 1969 [u. ö.].

U. Friesel, *Die Geschichte der sieben Familien vom Pippel-Poppel-See,* München 1973.

J. Guggenmos, *Phantastische Reise. Nonsensgedichte,* Weinheim 1973.

– *Von Eule und Katz und anderm Geschwatz,* Frankfurt a. M. 1979.

H. M. Enzensberger, *Edward Lears kompletter Nonsens,* 2 Bde., Frankfurt a. M. 1980.

– *Die Ente und das Känguruh und andere Gedichte,* Wien 1992.

V. Pohl, *Die Geschichte von den vier kleinen Kindern, die rund um die Welt zogen,* Berlin 1992.

3. *Sekundärliteratur*

a) *allgemein*

A. Davidson, *Edward Lear: Landscape Painter and Nonsense Poet (1812–1888),* London 1938; repr. 1968.

V. Noakes, *Edward Lear: The Life of a Wanderer,* London 1968; rev. ed. Stroud 2004.

E. Kemery, *Mr. Nonsense: A Life of Edward Lear,* London 1974.

J. Lehmann, *Edward Lear and his World,* London 1977.

V. Noakes, *Edward Lear, 1812–1888,* London 1985; New York 1986.

S. Chitty, *That Singular Person Called Lear: A Biography,* London 1988.

G. Kamen, *Edward Lear, King of Nonsense: A Biography,* New York 1990.

A. Barry, »Edward Lear«, in: *Book and Magazine Collector* 88 (1991) S. 22–29.

P. Levi, *Edward Lear: A Biography,* London 1995.

b) *Lear als Zeichner und Maler*

B. Reade, *Edward Lear's Parrots,* London 1949.
P. Hofer, *Edward Lear as a Landscape Draughtsman,* Cambridge (Mass.) 1967.
A. Thorpe, *The Birds of Edward Lear,* London 1975.
S. Hyman, *Edward Lear's Birds,* London 1980.

c) *Lear als Autor*

T. Byrom, *Nonsense and Wonder: The Poems and Cartoons of Edward Lear,* New York 1977.
A. K. Lyons [u. a.], *A Concordance to the Complete Nonsense of Edward Lear,* Norwood (Pa.) 1980.
I. R. Hark, *Edward Lear,* Boston 1982.
A. C. Colley, »Edward Lear's Limericks and the Reversals of Nonsense«, in: *Victorian Poetry* 26 (1988) S. 285–299.
Th. Stemmler, »Die Last der Heuschrecke – Edward Lear«, in: *FAZ-Magazin* 413 (1988) S. 38–41.
A. C. Colley, »Edward Lear's Anti-Colonial Bestiary«, in: *Victorian Poetry* 30 (1992) S. 109–120.
– *Edward Lear and the Critics,* Columbia 1993.
Th. Dilworth, »Society and the Self in the Limericks of Lear«, in: *Review of English Studies* 45 (1994) S. 42–62.
– »Edward Lear's Suicide Limerick«, in: *Review of English Studies* 46 (1995) S. 535–538.
Th. Stemmler, »Edward Lears Zoo«, in: *Sinn im Unsinn. Über Unsinnsdichtung vom Mittelalter bis zum 20. Jahrhundert,* hrsg. von Th. Stemmler und St. Horlacher, Tübingen 1997, S. 71–86.
J. Rieder, »Edward Lear's Limericks: The Function of Children's Nonsense Poetry«, in: *Children's Literature* 26 (1998) S. 47–60.
Th. Stemmler, »Sie spielten verrückt und lachten entzückt. Der große Dichter des Nonsens: Applaus für Edward Lear …«, in: *FAZ* 109 (12.5.2005) S. 40.

Nachwort

> Left by his friend to breakfast alone on the white Italian shore, his Terrible Demon arose …
>
> W. H. Auden, *Another Time*

Dämonen

Nicht Dostojewskijs – Edward Lears Dämonen sind gemeint: nicht politische, sondern sehr private böse Geister. Hinter dem Wort »Demon« verbarg Lear vor den Zeitgenossen mit Erfolg seine Epilepsie, an der er seit frühester Kindheit litt – wohl seit seinem fünften oder sechsten Lebensjahr. Doch damit nicht genug: Noch weit mehr belastete bereits den jungen Lear. Asthma, Bronchitis, Kurzsichtigkeit plagten ihn, und seit seinem siebten Lebensjahr suchten ihn weitere Dämonen heim: von ihm verhüllend »Morbids« genannte schwere Depressionen. Dazu war er nicht gerade ein Adonis. Vielleicht hat er sich hässlicher gemacht, als er es in Wirklichkeit war, doch in seinem autobiographischen Gedicht *How pleasant to know Mr. Lear* zieht er gnadenlos über sich her:

His mind is concrete and fastidious,
    His nose is remarkably big;
His visage is more or less hideous,
    His beard it resembles a wig.

(Sein Geist ist konkret und anspruchsvoll, / seine Nase ist bemerkenswert groß; / sein Gesicht ist mehr oder weniger scheußlich, / sein Bart ähnelt einer Perücke.)

Solch ein mehrfach behinderter Mensch bedarf angestrengter Liebe. Diese hat ihm seine Mutter kaum geben können: Er durfte als zwanzigstes von einundzwanzig Kindern konzentrierte Zuneigung nicht erwarten. Die wurde ihm paradoxerweise erst zuteil, als die Familie durch den Bankrott des Vaters, der Börsenmakler war, auseinanderbrach.

Edward wurde nunmehr (seit 1816) von seiner ältesten Schwester Ann erzogen: der Vierjährige (1812 geboren) von der Fünfundzwanzigjährigen (1791 geboren). Lange Jahre in den Händen einer fürsorglichen, wesentlich älteren Schwester – dies hinterlässt Spuren. Obwohl ihr Lear viel – auch Zeichenunterricht – zu verdanken hat, äußerte er sich später nicht immer begeistert über seine Erziehung, an der bis 1822 auch seine Schwester Sarah mitwirkte: »Brought up by women – and badly besides – and ill always ...« (»Von Frauen erzogen – schlecht im Übrigen – und immer krank ...«).

Dass Lear später keine normalen Beziehungen zu Frauen entwickeln konnte, verwundert nicht. Während der Nonsense-Kollege Lewis Carroll, wie Lear als Kind strenges Frauenregiment erduldend, seine Liebe kleinen Mädchen zuwandte, neigte Lear eher zu Männern, wenngleich er sich ab und an auch um eine Frau bemüht hat.

Ein mit so vielen Problemen beladener Mensch kann doch nur melancholisch sein? Weit gefehlt. In Lears Werken – fast allen Texten und einigen Bildern – sind Trauer und Fröhlichkeit auf skurrile Weise kombiniert. Mit dem Mut des Verzweifelten, des Galgenhumoristen, schreibt und zeichnet Lear Komisches. Für ihn gilt Beaumarchais' Wort aus dem *Barbier von Sevilla*: »Ich lache über alles, um nicht darüber weinen zu müssen.« Ein benevolenter Humorist war Lear nicht: Zu oft sind seine Verse bitter und makaber, zu oft grausame *sick jokes*.

Musen

Gleich mehrere Musen küssten Edward Lears hohe Stirn. Wie Goethe, Hoffmann und Barlach war er vielbegabt: Zeichner, Maler, Dichter, Komponist.

Bereits als Fünfzehnjähriger verdient er erstes Geld mit Zeichnungen von Kranken; diese pathologischen Schaubilder verkauft er an Ärzte und Hospitäler. Bald beginnt er mit dem Zeichnen von Vögeln und bringt es auf diesem Gebiet als Autodidakt zur Meisterschaft – einem Audubon ebenbürtig. Lears lebensechte Papageien-Darstellungen gewinnen die Aufmerksamkeit Lord Stanleys, des späteren 13. Earl of Derby – seinerzeit Präsident der Zoologischen Gesellschaft in London.

Dieser lädt Lear ein, auf seinem Landsitz in Knowsley bei Liverpool Tiere seiner privaten Menagerie zu zeichnen. Dort arbeitet Lear (mit Unterbrechungen) von 1831 bis 1837, dort verfasst er auch für die Kinder der Familie die ersten Nonsense-Verse, die bald auch von den Erwachsenen des Hauses geschätzt werden.

Wegen seiner Kurzsichtigkeit gibt er bereits 1837 das detailgetreue und daher die Augen strapazierende ornithologische Zeichnen auf. Er kommentiert dies sarkastisch: »No bird under an ostrich shall I now be able to see.« (»Bald kann ich keinen Vogel, der kleiner ist als ein Strauß, mehr erkennen.«)

In den folgenden Jahren – bis zu seinem Lebensende – wohnt Lear an verschiedenen Orten Südeuropas: Rom, Korfu, San Remo; England besucht er immer wieder (etwa zwanzigmal). Ortsfest wird er jedoch nie. Auf der Suche nach immer neuen Motiven für seine Bilder bricht er fast jedes Jahr zu Reisen auf, die ihn nach Griechenland, Palästina, Ägypten, in die Türkei und sogar bis Indien und Ceylon führen. Es ist bewundernswert, welche Strapazen dieser mit vielen Krankheiten Geschlagene auf sich nimmt und meistert; mehrfach entgehen er und sein treuer Diener Giorgio Kokali nur knapp dem Tode.

Als Ausbeute dieser Reisen brachte Lear, der sich jetzt nur noch als »topographical landscape painter« betrachtet, zahlreiche kolorierte Landschaftsskizzen »nach Hause« – wo immer dies sein mochte. Dort vollendete er zahlreiche dieser Aquarellstudien oder benutzte sie als Vorlagen für große Ölbilder. Wenn er in Geldnot war, produzierte er auch Aquarelle im Fließbandverfahren – bis zu 60 in einer Serie. Bewundernswert der Fleiß Lears: Insgesamt hat er etwa 9000 Aquarelle und 300 Ölbilder gemalt. Der künstlerische Wert vor allem seiner Aquarelle wird zunehmend geschätzt – 1985 ehrte ihn die Royal Academy of Arts in London mit einer Ausstellung.

Daneben fand Lear stets Zeit zum Schreiben – auch während seiner Reisen. Er verfasste mehrere illustrierte Reisebücher, in denen er anschaulich und witzig über seine Erlebnisse berichtet und dem Leser durch seine Zeichnungen ferne Landschaften nahebringt.

Während Nonsense-Elemente in diesen Texten und seinen – nur zum Teil erhaltenen – Tagebüchern eine geringe Rolle spielen, sind sie in seinen Tausenden von Briefen häufig anzutreffen. Auch Lears privateste Äußerungen sind von einer absurden Grundstimmung durchzogen. Seine von Anfang an vielfach gefährdete Existenz führt ihn dazu, ohne Unterlass zu fragen und alles in Frage zu stellen. Durch groteskes Sprach- und Gedankenspiel macht er vermeintlich Sicheres fragwürdig.

Diese methodische Verunsicherung (in der Zeit viktorianischer Rigidität) macht vor nichts und niemand Halt: nicht vor seiner eigenen Identität, seiner Malerei, seinen Reisen, weder vor Kochrezepten und Balladen noch vor dem römischen Konsul Caius Marius oder vor Grabsteinen. Er nennt sich »Lyar«, »Adopty Duncle«, »Oduardo«, »Arly«, »Derry down Derry«. Noch heute wird zuweilen seine absurde genealogische Behauptung ernst genommen, sein Großvater sei dänischer Abstammung und habe ursprünglich Lør geheißen. Er zeichnet sich selbst als Insekt oder Vogel. Er parodiert Alfred Tennysons und Thomas Moores Gedichte. Und seinem Kater Foss lässt er einen Grabstein errichten, auf dem er als erreichtes Alter »31 Jahre« (statt: vierzehn Jahre) angibt.

Das Aufbegehren gegen gesellschaftliche, gedankliche und sprachliche Normen findet sich konzentriert in seinen Gedichten – seinem *nonsense verse.* Dort stoßen skurrilen Wesen mit seltsamen Namen an fantastischen Orten merkwürdige Dinge zu. Da gibt es einen menschenfressenden Kummerbund; einen Mr. Discobbolos, der sich und seine Familie in die Luft sprengt; einen Pobble ohne Zehen; einen Mr. Yonghy-Bonghy-Bò, der um die Hand der Lady Jingly anhält; und in der Grombulischen Ebene lebt der Dong mit der Leuchtnase.

Der Eindruck, den zahlreiche dieser Gedichte und Lieder hinterlassen, ist zwiespältig – ja paradox. Sie sind zugleich komisch und tragisch, gefühlvoll und grausam, irrational und schlüssig – und darin den früher entstandenen Limericks Edward Lears ähnlich.

Limericks

Etwa vierzig Jahre lang hat Lear immer wieder Limericks geschrieben – von seiner Zeit in Knowsley Hall (ab 1831) bis zur Veröffentlichung seines *More Nonsense, Pictures, Rhymes, Botany, etc.* (1872).

Eine erste Sammlung erschien 1846 unter dem Titel *A Book of Nonsense.* Sie enthielt 73 Limericks, die – bis auf den Titel-Limerick – jeweils in drei Zeilen angeordnet waren. Diese erste (und auch die zweite) Auflage gab als Verfasser »Derry down Derry« an – Lears Pseudonym. 1855 erschien eine zweite, inhaltlich unveränderte Auflage; in dieser sind die Limericks fünfzeilig abgedruckt. Erst die dritte Auflage des Jahres 1861 wurde ein Erfolg und verhalf der seltsamen Gedichtgattung des Limericks zu allgemeiner Popularität. Sie enthielt 70 von den 73 Limericks der Erstausgabe: *The Old Sailor of Compton, The Old Man of Kildare* und *The Old Man of New York* wurden – warum auch immer – von Lear nicht mehr in der Sammlung belassen, dafür 43 neue Limericks aufgenommen. Erstmals gab er sich als Verfasser zu erkennen. Zu seinen Lebzeiten erschienen 19 Auflagen des Buches. Doch der literarische Ruhm brachte Lear geringen finanziellen Gewinn: Er verkaufte 1862 das Copyright für 125 £ an den Verleger Routledge, der ihn unter – gar nicht sanften – Druck gesetzt hatte.

Im folgenden Jahrzehnt schrieb Lear neben einigen Nonsense-Gedichten, -Liedern und -Alphabeten zahlreiche neue Limericks. Einige dieser Texte, jedoch keine Limericks, sammelte er in einem Band *Nonsense Songs, Stories, Botany and Alphabets,* der 1871 erschien. Erst die 1872 erschienene Sammlung *More Nonsense, Pictures, Rhymes, Botany, etc.* (und nur noch diese) enthielt neue Limericks aus der Feder Lears – immerhin hundert. Danach veröffentlichte er keinen einzigen dieser »nonsenses« oder »absurdities« mehr, wie er sie nannte: Das Wort Limerick hat Lear nie verwendet.

Über die Herkunft dieser Bezeichnung ist viel spekuliert worden – mit mäßigem Erfolg. Einige Forscher behaupten einen Zusammenhang mit der irischen Stadt Limerick und eine starke Tradition solcher Texte in Irland, andere haben französische Ursprünge entdeckt, die angeblich durch irische Legionäre nach Irland gebracht worden sind – und andere wiederum leugnen die formale Identität des Wortes mit der gleichnamigen Stadt. Wie dem auch sei – das *Oxford English Dictionary* gibt als Erstbeleg für »limerick« einen Text aus dem Jahre 1896 an und definiert Limericks als »a form of nonsense verse«.

Dieser Begriff bietet nicht nur etymologische, sondern auch semantische und gattungshistorische Probleme. Der Lexikograph Murray hatte 1898 Limericks als »indecent nonsense verse« definiert und damit einen beträchtlichen Teil dieser Gattung richtig charakterisiert, doch nicht alle deren Vertreter. In der Tat sind die meisten Limericks dieser Zeit leicht bis grob pornographisch, während die älteren – insbesondere die Edward Lears – völlig frei von solchen Zügen sind. Der Begriff »Limerick« wird unzulässigerweise verengt gebraucht – ähnlich wie »carol«, das fälschlicherweise mit »Christmas carol« gleichgesetzt wird. Man sollte an der Definition des *Oxford English Dictionary* festhalten, diese jedoch um eine formale Beschreibung erweitern: Limericks sind fünfzeilige Nonsense-Gedichte mit dem Reimmuster aabba. Auch wenn Limericks zuweilen drei- oder vierzeilig angeordnet werden – ihre formale Struktur ist die eines Fünfzeilers.

Die Vorgeschichte dieser Form soll hier nicht nacherzählt werden, zumal sie nicht eindeutig rekonstruierbar ist.

(Jemand hat gar Aristophanes als Autor von Limericks entdeckt.) Nur so viel sei dazu angemerkt: Metrisch und reimtechnisch ähnliche Vorläufer des Limericks sind in englischer und französischer Sprache tatsächlich erhalten, inhaltlich thematisieren sie alles Mögliche (z. B. Trinken, Tabak, Frauen), doch *nonsensical* sind sie nicht; und oft bestehen diese Prototypen aus mehreren Strophen. Aus dem England des 17. Jahrhunderts sind Verse wie diese überliefert:

The Indian weed, withered quite,
Green at morn, cut down at night,
    Shows thy decay,
    All flesh is hay:
Thus think, then drink Tobacco.

Von John O'Tuomy (1706–1777), einem Wirt aus Limerick (!) stammt folgende Strophe:

I sell the best brandy and sherry
To make good customers merry;
    But at times their finances
    Run short, as it chances,
And then I feel very sad, very.

Und Boswell zitiert in seinem *Life of Dr Johnson* eine französische Strophe (1716 gedruckt), die einem Limerick täuschend ähnlich ist:

On s'étonne ici que Caliste
Ait pris l'habite de Moliniste.
    Puisque cette jeune beauté
    Ôte à chacun sa liberté,
N'est-ce pas une Janseniste?

Jedoch entsteht wohl erst zu Anfang des 19. Jahrhunderts auf der formalen Basis solcher Vorläufer der Limerick, wie wir ihn verstehen und oben definiert haben: Nunmehr wird der Fünfzeiler für Nonsense-Themen verwendet. Bereits im Titel der ersten erhaltenen Limerick-Sammlung aus dem Jahre 1820/21 wird diese Hinwendung zum Absurden und Grotesken betont: *The History of Sixteen Wonderful Old Women [...] Exhibiting their Principal Eccentricities and Amusements*. Hier geht es – wie später bei Lear – um Exzentriker.

Lear übernahm zwar die formalen Elemente und den Nonsens dieser frühesten Limericks, ersetzte aber deren harmlose Geschichten durch oft makabre *sick jokes*. Er schmuggelt tieferen Sinn in seinen Un-Sinn ein und berührt Themen, die bis heute nichts von ihrer Aktualität eingebüßt haben.

Zum einen geht es in seinen Limericks – ganz wie in Lears eigenem Leben – um einsame Individuen in der Konfrontation mit der Gesellschaft. Diese Einzelgänger werden wegen ihres unkonventionellen Verhaltens von der verständnislosen Mehrheit verachtet oder gar mitleidlos bekämpft und eliminiert. Seine Nonsense-Geschichten erzählt Lear nicht *just for fun*, sondern um milden Protest anzumelden – Protest gegen das viktorianische Korsett, das alle Lebensbereiche einengte.

Typisch für die frühen Limericks ist ferner die Illustrierung: Ähnlich wie Embleme der Barockzeit wirken sie durch die Einheit von Text und Bild. Und ein weiteres wesentliches Merkmal des »klassischen« Limericks wird in den Titeln der ersten Sammlungen erwähnt: Es wird eine Geschichte erzählt. In dem eben erwähnten Titel ist von »history« die Rede, in den *Anecdotes and Adventures of Fifteen Gentlemen* (1822) von Abenteuern.

Lear hat diese beiden Sammlungen gekannt und sich von ihnen inspirieren lassen: Er ist eben *nicht*, wie manche behaupten, der Erfinder des Limericks oder gar der Nonsense-Dichtung, allerdings deren wichtigster Repräsentant. Aus der oben erwähnten ersten Sammlung hat er zumindest Text und Zeichnung des ersten und fünften Limericks verwendet. Zu einigen Limericks der zweiten Sammlung hat Lear eigene Zeichnungen angefertigt – so zu dem bekannten *There was a sick man of Tobago.* Diesen Limerick benennt Lear später im Vorwort zu seinem *More Nonsense* (1872) als Quelle seiner Inspiration.

Angesichts dieser historischen Abhängigkeiten liegt die Frage nahe, ob Lears Limericks durch Besonderheiten charakterisiert sind, die sich sonst in der Gattung nicht finden, und ob – falls es so etwas wie typisch *Learical* gibt – diese Eigenheiten sich als beständige Züge in seinem Werk immer wiederholen: Herrscht Ordnung in der chaotischen Welt seiner Limericks?

In formaler Hinsicht folgen alle Limericks Lears einem gemeinsamen Muster, das bereits vor ihm ausgeprägt war: Hier gibt es nichts Besonderes. Die Limericks bestehen aus fünf Zeilen, die nach dem Schema aabba reimen. Das verwendete Metrum ist anapästisch-daktylisch; die a-Verse enthalten drei, die b-Verse zwei Hebungen. Die bereits in Lears Vorbildern häufige Eingangsformel »There was …« wird bei ihm zur Regel (bis auf eine einzige Ausnahme: Nr. 146). Das erste Reimwort ist meistens, doch nicht immer, ein geographischer Begriff – auch dieses Merkmal fand Lear in den älteren Sammlungen. Bis auf wenige Ausnahmen wird das Reimwort der ersten Zeile als das der letzten wiederholt.

Auch die inhaltliche Struktur folgt älteren Mustern. In der ersten (und oft auch in der zweiten) Zeile wird eine Person dargestellt, in den folgenden drei oder zwei Zeilen meist ein Vorfall beschrieben. Die letzte Zeile hat fast den Charakter eines Refrains: Sie ist in ihrer zweiten Hälfte meist mit der ersten Zeile identisch; in der ersten Hälfte wird das einleitende »There was …« ausgetauscht – oft durch eine adjektivische Charakterisierung der Person. Dieses Adjektiv ist entweder treffend – oder bewusst falsch. In solch absurder Funktion verwendet Lear oft *hard words* (›schwierige Wörter‹) wie »abstemious« oder »intrinsic«: So etwas findet sich vor Lear nicht.

Was ist das besonders Wichtige an Lears Limericks? Sie sind persönlich – und damit abgründig. Diese Dimension wird häufig übersehen. Lears Limericks werden oft als harmlose Unterhaltung für Kinder hingestellt. Zu solcher Banalisierung tragen im deutschen Sprachbereich verharmlosende Übersetzungen maßgeblich bei.

In Lears Limericks – Texten und Zeichnungen – lassen sich zahlreiche autobiographische Züge nachweisen. Seine physischen Merkmale tauchen hier grotesk übertrieben wieder auf: gewaltiger Bart, große Nase, dünne Beine, rundlicher Körper. Kindheitserinnerungen an die Großfamilie finden sich ebenso wieder wie seine Angst vor Hunden, ahasverische Unruhe und Vogelliebe. Vor allem aber sind Lears Limericks Palimpseste seiner Einsamkeit. In immer wieder neuen Variationen thematisieren sie die Isoliertheit des Aufmüpfigen – des Ex-Zentrikers, der von der Gesellschaft an den Rand gedrängt wird. Diese Unbotmäßigkeit äußert sich in vielen Erscheinungsformen: in ungewöhnlicher Kleidung, merkwürdigen Essgewohnheiten und seltsamen Aktivitäten. Lears Gestalten klettern auf Bäume, schlafen auf Tischen, tanzen mit Tieren, sind ständig auf Reisen – und auf der Flucht. Oft schreien sie verzweifelt und versuchen Kontakt mit den anderen zu finden. Diese anderen, die anonymen, konformen Massen, stehen dem Nonkonformisten häufig feindselig gegenüber; bisweilen erschlagen sie ihn sogar. George Orwell bewertet das Verhalten solch einer Gesellschaft pessimistisch: »Jemanden wegen einer Quadrille mit einem Raben zu erschlagen, ist genau das, was *jene* zu tun pflegen.«

Die Verzweiflung und Depressionen des Einzelgängers werden ausdrücklich benannt (z. B. in Nr. 57 oder 91) oder kaum verhüllt beschrieben (z. B. in Nr. 113). In seiner lyrischen Verdichtung macht uns ein Limerick (Nr. 92) besonders betroffen:

There was an Old Man who said, 'Well!
Will *nobody* answer this bell?
    I have pulled day and night,
    Till my hair has grown white,
But nobody answers this bell!'

Lears Zeichnung zeigt einen Mann, der verzweifelt an einem Glockenseil zieht und um Einlass – gesellschaftliche Zulassung – bittet. Dies hat er, wie er sagt, sein ganzes Leben lang versucht – vergeblich.

Lears Zoo

Kein Wunder, dass ein einsamer Mensch wie Edward Lear, der weder bei Männern noch Frauen (einen Mann hätte er bevorzugt) erotischen Erfolg hatte, Zuflucht bei Tieren suchte. Auch seinen Figuren in den Limericks werden die Tiere zu Vorbildern, Freunden und Leidensgefährten. Kein Schriftsteller hat Tiere so ernst genommen wie Edward Lear. Nicht nur in seinen Limericks wimmelt es von unseren Mitgeschöpfen, gleich welcher zoologischen Gattung oder Art sie zugehören.

Mehr noch: In Lears Werken wird die Welt der Tiere und der Menschen kommensurabel – mit gleichem Maß messbar. Beide Welten kommen sich näher: Die Tiere erhalten menschliche Züge, die Menschen tierische. Oder anders: Anthropomorphe und zoomorphe Darstellung wird kombiniert. Lears Zeichnung zu Limerick Nr. 80 illustriert diese Grenzüberschreitung vortrefflich:

Hier wird der Sinn im Unsinn greifbar – begreifbar. Kein Vogel sieht so aus, kein Mensch trägt solche Züge. Menschenvogel und Vogelmensch begegnen sich: Gleich groß und gleich wichtig stehen sie sich gegenüber.

Die frei schwimmenden und fliegenden Tiere liegen Lear besonders am Herzen, vor allem die freiesten aller freien – die Vögel: Sie stellen ein Drittel aller Passagiere in der Arche des Dichters. Und wie benehmen sich diese Reisegefährten? Meistens sehr manierlich. Nur ab und zu fällt eines der Tiere aus der Rolle: Dann bedroht es den Menschen oder schadet ihm gar. In derartigen Fällen folgt das Tier seiner Natur – und nicht dem visionären, doch leider unsinnigen Diktat des Dichters. So gibt es in den Limericks auch gefräßige Ratten (Nr. 27), einen menschenfressenden Hund (Nr. 75) und so weiter.

Und wie geht der *Homo leariensis* mit den Tieren um? Meistens sehr menschlich – mit wenigen Ausnahmen. Auch in den Limericks erweist sich der Mensch nicht immer als Vegetarier. Doch gerade dies ist bezeichnend: Die Fleisch- und Fischesser werden von Lear zur Lächerlichkeit, ja zum Tode verurteilt. Auch hier wird der Sinn im Unsinn deutlich. Lear übt hintersinnig Kritik an den menschlichen Fressern, indem er ihr Laster durch die Art oder Menge ihrer Speisen *ad absurdum* führt. Da verfüttert zum Beispiel (Nr. 104) ein Vater Schnecken gleich eimerweise an seine sechsundzwanzig Kinder (nur ein Franzose kann so etwas ernst nehmen):

In den allermeisten Limericks ist das Verhältnis zwischen Mensch und Tier ungetrübt. Diese kreatürliche Gemeinsamkeit spiegelt sich bildlich in mancher Metamorphose wider. Der oben angeführten (Nr. 80) kann man weitere hinzufügen. Da wird etwa (in Nr. 119) der Mensch zum Fisch oder (in Nr. 10) eine Biene zum Pfeifenraucher. In vielen Limericks frönen Mensch und Tier gemeinsam der Unterhaltung durch Tanz und Musik. So tanzt ein älterer Herr mit einer Fliege (Nr. 173), mit einer Katze (Nr. 200) oder einem Raben (Nr. 74). Dass solcher Umgang mit Tieren nicht den Beifall aller Menschen findet, ist zu erwarten. Diese bornierten »anderen« – »they« nennt sie Lear – schrecken nicht vor Mord und Totschlag zurück, um die geziemende Rangordnung wiederherzustellen.

Die wunderlich wunderbare Symbiose zwischen Mensch und Tier manifestiert sich am deutlichsten, wenn beide zusammenleben. Lear macht Tiere – vor allem Vögel – häufig zu Mit-Bewohnern. Mal nisten acht Vögel im riesigen Bart eines Mannes (Nr. 1), mal sitzen gleich dreizehn auf der ungeheuer langen Nase eines anderen (Nr. 111), mal sucht der Mensch Unterkunft bei Tieren. In Limerick Nr. 185 hält sich der Mensch nicht nur im Nest der Eulen auf – er ist einer der Ihren:

Der melancholische *Homo leariensis* steht inmitten der Eulenfamilie, und er sieht so aus wie sie. Mehr noch. Er bedient sich nicht mehr der menschlichen Sprache, sondern stößt Rufe wie ein Käuzchen aus:

> When they screamed in the nest,
> He screamed out with the rest …

Dies ist gar nicht mehr lustig. Der einsame Mensch sucht und findet Zuflucht in einer Vogelfamilie – fern allen menschlichen Kontakten und Bindungen.

Solch düstere Züge finden sich häufig in Lears Limericks, doch nicht immer: Überall nach Abgründigem zu gründeln, wäre albern. In manchen Limericks ist nichts Sinistres enthalten: Dort spielt Lear mit der Sprache, dort lässt er seiner Fantasie die Zügel schießen – ohne dass ihn die

Richtung seines Pegasus interessierte. Doch harmlos ist auch dies nicht: Bei seinem Spiel hält Lear sich nicht an Regeln – er ist ein Spielverderber.

Übersetzungen

Mehr noch als das Sonett ist der Limerick ein gedankliches Prokrustesbett: Nur fünf Zeilen stehen dem Autor für das Erzählen einer Geschichte, für das Entwickeln eines Gedankens zur Verfügung. Abgesehen vom dreizeiligen japanischen Haiku, gibt es wohl keine konzisere Gedichtform als die des Limericks. Dieses Konzentrat aus dem ohnehin knapp formulierenden Englischen ins morphologisch und syntaktisch üppige Deutsche bringen zu wollen, erscheint eigentlich unmöglich. Der Übersetzer eines Prosatextes leidet wenigstens nicht unter jener syntaktischen Enge, die der Übersetzer eines Limericks unbedingt beachten muss. Ohne metrische Zwangsjacke kann sich der Prosa-Übersetzer schon semantischen und stilistischen Problemen widmen, während der Transporteur des Limericks noch mit den elementaren Schwierigkeiten der Erzeugung von meistens zwei Sätzen kämpft.

Neben Reimmuster und Metrum sollte der Übersetzer eines Lear'schen Limericks sich bemühen, die Eingangsformel »There was …« in irgendeiner Weise wiederzugeben. Er muss einen geographischen Begriff als Reimwort neu finden – er darf ihn nicht erfinden: Die Begriffe des Originals sind im deutschen Reimgefüge meist nicht verwendbar. Er muss weiter darauf achten, dass er nicht in Widerspruch zu Lears Zeichnungen schreibt. Für diese Schwierigkeiten hat jeder Limerick-Übersetzer ein gewisses Maß an Nachsicht verdient.

An Lears Limericks haben sich schon mehrere deutsche Übersetzer versucht: H. C. Artmann übersetzte 54, Grete Fischer 23, Hans Magnus Enzensberger 215 zu Lears Lebzeiten gedruckte Limericks (sowie zwei Limericks aus dem Nachlass). Hier ist nicht der Ort, diese deutschen Versionen ausführlich zu diskutieren; über metrische und stilistische Details kann man ohnehin streiten. Nur dieses sei versucht: in solidarischer Bescheidenheit zu fragen, ob die Übersetzung geglückt ist. Dabei wollen wir sie als missglückt bezeichnen, wenn sie wesentliche Merkmale des Originals nicht ins Deutsche vermittelt.

Eben dieses Defizit lässt sich am seltensten Grete Fischer (10 %), schon häufiger H. C. Artmann (20 %) und sehr oft H. M. Enzensberger (50 %) vorwerfen. In all diesen Fällen wird die von Lear auf engstem Raum erzählte Geschichte nicht weitergegeben, eine Pointe nicht berücksichtigt oder – genauso schlimm – eine neue hinzugefügt. Vor allem werden seine Limericks verharmlost und banalisiert. So bleibt die Doppelbödigkeit der Lear'schen Limericks oft genug auf der Strecke: Tod, Verzweiflung, Selbstmord, Gefühlskälte, gesellschaftlicher Konflikt sind den deutschen Versionen häufig abhanden gekommen – wir haben es nicht mit Übertragungen zu tun, sondern mit Paraphrasen, die ihr Eigenleben jenseits der Lear'schen Limericks führen und zu Limericks der jeweiligen deutschen Übersetzer geworden sind.

Ein deutliches Beispiel: In Lears oben erwähntem Limerick Nr. 74 tanzt ein Mann Quadrille mit einem Raben und wird wegen dieses unkonventionellen Verhaltens von »ihnen« – der auf Normen achtenden Mehrheit – erschlagen. Von Konflikt und Gewalttat ist in Artmanns und Enzensbergers Fassungen überhaupt nichts eingegangen. Artmanns Version lautet banal:

…

Gleich hieß es: »Wie peinlich,
Der Herr ist wahrscheinlich
Ganz nahe verwandt mit dem Raben!«

Und Enzensberger verfälscht das Original vollends. Er lässt einen »fidelen Bauern« auftreten, der ungestört mit Krähen tanzt:

Es gönnte ein Bauer aus Rügen
sich ein zweifelhaftes Vergnügen:
statt Korn zu mähen,
tanzt er mit Krähen,
der fidele Bauer aus Rügen.

Derartige Verformungen finden sich in den deutschen Übersetzungen auf Schritt und Tritt. So geht nicht nur die Düsterheit, sondern auch die aufmüpfige Lustigkeit vieler Figuren Lears verloren. Text und Zeichnung seines Titel-Limericks enthalten wesentliche Teile seines Programms – die Aufforderung zu ausgelassener Unbotmäßigkeit gegenüber viktorianischen Verhaltensregeln. In Enzensbergers Version verliert sich dies:

Diesen kritischen Herrn aus Kaufbeuren
hörte man hämisch beteuern,
er wolle mitnichten
mit seinen Gedichten
das Bildungswesen erneuern.

Eine weitere Fragwürdigkeit: Die märchenhaft vage und distanzierende Eingangsformel »There was …« wird von den bisherigen Übersetzern völlig gemieden. Schade. Sie bildet zu dem folgenden präzisen geographischen Begriff einen interessanten Kontrast.

Doch anderes eint wiederum die leidgeprüften Übersetzer der Lear'schen Limericks: die gelegentliche, ungewollte Übereinstimmung einiger Reimworte. Ich für meinen Teil versichere beim Barte Edward Lears, dass ich solche gleichen Reime nicht meinen Vorgängern abgeschaut habe. Wie so etwas passiert? Nehmen wir Limerick Nr. 52. Die ersten beiden Verse lauten:

> There was an Old Man of Peru,
> Who watched his wife making a stew;

Die wörtliche Übersetzung von »watched« durch »sah zu« erzwingt fast das mit »Peru« reimende »zu« am Zeilenende. Kein Wunder also, wenn Artmann, Enzensberger und ich eben diese Reimworte verwenden.

Das vorliegende Bändchen vereint meine Übertragungen aller 216 zu Lears Lebzeiten veröffentlichten Limericks mit dem Abdruck der englischen Originalfassungen. Die Reihenfolge der Limericks Nr. 1–212 ist die von H. Jackson in seiner Textausgabe vorgegebene; Nr. 213–215 sind die nur in den Ausgaben von 1846 und 1855 enthaltenen, von Jackson nicht gedruckten Limericks.

Inhalt